光文社文庫

長編推理小説

魔界京都放浪記

西村京太郎

光　文　社

目次

第一章　昼は現世、夜は冥府《めいふ》

1

「秋の合併号は、京都特集で行くことにした」

和田《わだ》編集長が続けた。

「しかし、ただの京都特集じゃない。今回は魔界都市京都だ」

当然、編集者たちが、異議を唱えた。

「千年の都《みやこ》かも知れませんが、今や世界の観光都市ですよ。住んでいる人間も、観光客も共に現代人です。それを魔界都市なんていったら笑われますよ。京都人が怒りますよ」

「いや。そうじゃない。京都人自身が、自分たちを、どういってるか知っているか」

和田は、原稿用紙に、マジックで大きく字を書いて、それを壁に貼りつけた。

京都には、二種類の人間が住んでいる。

日本人と京都人である。

「これが、京都人だよ。しかも、千年前ではなく、現代の京都人がこう考えているんだ。自分たちは、他の日本人と違うとね」

「つまり魔界に生きているということですか？」

「そうだよ」

「しかし、京都人が勝手に、そういってるだけでしょう」

「それが、そうでもないんだ。今日は、八月一日で、間もなく、敗戦の日を迎える。今朝の新聞に、長崎大学の宗教学の教授が、こんなことを書いている。長崎は、八月九日に原爆を投下されたが、それについてだ」

和田は、その新聞記事を読みあげた。

「長崎の人間として、八月九日を迎えるたびに、何故《なぜ》、長崎に原爆が投下されたのか、不思議で仕方がない。原爆は、本来京都に投下される予定だったのだ。それが何故、ヒロシマになり、長崎になったのか、それが不思議だ、そう書いているんだよ」

「それは、当時のアメリカの国務長官や、元駐日大使のグルーが、京都は古い歴史の町で、日本人の精神的な故郷だから、原爆投下に反対したからでしょう。そう教えられましたが」

「それは、創られた伝説だよ。日本を占領したアメリカ軍は、日本人は、アメリカの原爆投下と、ソビエト（今のロシア）の条約無視の侵攻のどちらを恨んでいるかを考えたあげく、日本の文化を守るために、京都には原爆を落とさなかったという神話を創り上げたんだ。そうすればソビエトをより恨むようになって、占領政策がスムーズにいくと考えたんだよ。アメリカは、最初に原爆の投下目標を決める時、第一に京都の名前があがっている。二回目も同じく、第一目標は京都だった。京都を選んだ理由は、日本文化と歴史が集中している町だから、日本人に与える影響も大きいだろうと考えたからだといわれているから、ヒューマニズムとか、日本文化の尊重なんかとは、何の関係もないどころか、逆なんだよ。ところがそれにも拘《かか》わらず、結果的に最初の投下はヒロシマ、二発目は長崎だった。だから、長崎大学の教授は、京都に何故、原爆が落とされなかったのか、不思議で仕方がないと首をかしげているんだよ」

「編集長は、京都が魔都だから、といいたいんですか？」

編集者の一人が、小さく笑うと、和田は、

「これはね、魔都だからとしか考えようがないんだ」

と、ニコリともせずにいった。

「いいか、二発の原爆は八月六日と九日に落とされた。このうち、問題なのは、八月九日の方だ。長崎の識者が問題にしているのも、二発目の原爆で、何故、京都でなく、長崎に落としたのか。君たちも知っているように、長崎はキリシタンの町だ。幕府の弾圧を受けながら、キリスト教の教えを延々と守ってきた人たちもいた町だ。そのことは、当然、キリスト教徒の多いアメリカは知っていた筈《はず》なのに何故、長崎に原爆を落としたのか、当然の疑問だ。それは、何故、京都に落とさなかったのかという疑問にもなる。京都は、陰《おん》陽《みよう》道《どう》に従って作られ、今も陰陽道が生きている町だから、アメリカ人にすれば、原爆を落とすことに、何の苦痛もない筈なのだ」

「それはそうかも知れませんが」

編集者の声が少し小さくなった。

和田が、続ける。

「私は、考えて、一つの結論に達した。アメリカは、京都を標的に考えたのだ。八月九日の最初の標的は、長崎ではなく、京都だったのだと」

皆は、しずかになった。

「アメリカ側の記録によれば、原爆投下の標的と日程を決めたら、投下の二日前に、一機または二機のB29が標的の偵察に飛ぶことになっていたというから、京都への原爆投下が八月九日と決まったら、八月七日に偵察が行われたことになる。ところで、京都にとって、八月七日と九日がどんな日かといえば、お盆なんだ。七日から十日まで、お迎えで、ご先祖の霊をお迎えし、八月十六日にあの世に帰って頂く。それが、五山《ござん》の送り火だ。問題の日は、京都の人たちが、鐘を鳴らし、ご先祖様をお迎えしている時なんだよ。アメリカが京都に原爆を落とさなかった、落とせなかった理由は、他には考えられないんだ」

「お盆ですか――」

また小さな笑いが生まれる。

「笑わずに聞け。東京のような形式化したお盆の儀式じゃないんだ。京都人は、本気でご先祖の霊を呼ぶ。八月七日に偵察機が京都の上空にやって来た。ところが、京都の空は、お盆で迎えられるご先祖の霊、死者の霊で蔽《おお》われていたんだよ。何しろ千年の都だからね。ご先祖といっても、並みの数じゃない。何万、何十万、いや何百万の霊が、あの世から迎えられて、京都の空を蔽っていた筈だ。科学者の中には、霊にも物理的な重さがあるとする人もいるから、八月七日から十日の京都は、霊によって部厚く蔽われ、観測が出来る状態ではなかったのではないかと、私は考えるのだ」

「――――」

　皆は、黙って聞いている。

「その点、キリシタンの町、長崎は、お盆を行う住民もいたろうが、キリシタンたちに、お盆に死者の霊を呼ぶ習慣はないから、安心して、原爆を落とせたということになる。現実離れした説明だということは、わかっているが、一回目、二回目とも、一番の標的になっていた京都が、原爆を落とされず、キリシタンの町、長崎に落とされた理由は、他に考えられないいんだよ。そこで、八月六日に佐伯《さえき》君に京都へ行き、翌七日から、十六日にわたるお盆の取材をして貰《もら》うことに決めた。頼むよ」

　と、和田は、編集者の佐伯を見た。

「行かせて貰います」

　と、佐伯はいってから、

「しかし、原爆投下についての編集長の今の説明は、どうも、納得できませんが」

　と、続けた。

「多分、そういうと思ったから、君を指名したんだ。私の意見に賛成の人間をお盆の京都に行かせてもしようがないからな」

「京都で、私は何をすればいいんですか？」

「京都に六道珍皇寺《ろくどうちんのうじ》という寺がある。その寺で、七日から十日まで、京都独特のお盆の儀式をやる。ご先祖のお迎えだ。それを取材したあと、小野篁《おののたかむら》という人物について調べて貰いたいのだよ。小野篁だ」

と、和田がいった。

「どんな人物ですか？」

「八〇二年に生まれ、八五二年に亡くなっている。平安時代の実在した高級官僚だよ」

「京都では、有名人ですか？」

「誰もが知っている。先祖には、小野妹子《おののいもこ》がいる」

「小野妹子なら知っていますよ。聖徳太子《しょうとくたいし》に仕《つか》えて、中国の皇帝煬帝《ようだい》に向って『日出《い》ずるところの天子、書を日没するところの天子に致す』の国書を差し出して、激高《げきこう》させたという人物でしょう。その子孫ですか」

「更に子孫には、小野小町《おののこまち》や、小野道風《おののとうふう》がいる。また、時代を下ると、紫式部《むらさきしきぶ》が出てくるが、彼女は、美男の誉《ほま》れ高き小野篁に恋していたといわれ、今は、二人の墓が並んで立っている。しかし、小野篁が有名なのは、『昼は朝廷に仕え、夜は閻魔《えんま》庁に仕えた』ことだ。つまり、小野篁は、現世と、あの世を、自由に行き来していたということだよ」

「それは、お伽話《とぎばなし》の人物だということですか」

と、佐伯は、笑った。が、和田は、

「ところが、架空の人物ではなく、実際に平安京《へいあんきょう》に実在した官吏で、生年と没年もはっきりしている。その他、経歴も、わかっているんだ。頭脳明晰《めいせき》で、遣唐副使にも選ばれている。ところが、大使とケンカしたあげく、仮病を使って出航せず、それをまた、和歌にしたものだから、天皇の怒りを買い隠岐《おき》に流された。その時に作った和歌が小倉百人一首に選ばれているから、歌人としての才能もあったんだ」

和田は、その歌を披露《ひろう》した。

〈わたの原　八十島《やそしま》かけて　漕《こ》ぎ出《い》でぬと

　人には告げよ　海人《あま》の釣舟《つりぶね》〉

「その才を惜しまれてか、小野篁は、すぐ許されている。他にも、彼は、異母妹に恋している。許されぬ恋のため、妹は死んでしまう」

「実在の人物なら、家が何処《どこ》にあったかもわかっているでしょうね？」

「もちろん、わかっている。小野邸跡は、平安京の二条二坊四町《にじょうにぼうしちょう》あたりで、当時の書物には、二条大路《おおじ》の北、西大宮《にしのおおみや》大路の西とあり、今のＪＲ嵯峨野《さがの》線二条駅の傍《そば》だ。平安京での彼の官職もわかっている。今の検察庁にあたる弾正台《だんじょうだい》の次官にもなり、今の裁判官にあたる刑部大輔《ぎょうぶのたいふ》にもついている。今様《いまよう》にいえば、鬼検事だ」

「それが、現世とあの世を往復していたというんですか？」

「小野篁は、六道珍皇寺の裏手にある井戸から、冥土へ行き、嵯峨野の薬師寺《やくしじ》の井戸から、この世に戻って来たといわれていた。今も、この二つの井戸は、実在している」

「わかりました。京都へ行ったら、その井戸を見て来ます。許可されたら、私も、六道珍皇寺の井戸を使って、あの世へ行き、嵯峨野の薬師寺の井戸から現世に戻って来ますよ」

「君は、今、笑いながら、いったな」

「まじめにいえない話ですから」

「だが、注意しろよ。京都は魔界都市だからな」

と、和田は、まじめな顔でいった。

2

佐伯は、八月六日に、予約した京都駅近くのホテルKに、チェック・インした。

宿泊予定は、八月十七日までの十二日間である。

京都は、旧暦の七月がお盆である。

目当ての六道珍皇寺は八月七日から十日までがお迎えで、あの世から、死者（ご先祖さま）の霊を迎えるのである。

そして、八月十六日は、その霊を、あの世へお送りする。五山の送り火で、京都の町を囲む山々に、鳥居や、船の形の焚松《たいまつ》が焚《た》かれて、盛大に霊を送るのである。

佐伯は、十六日夜の五山の送り火を取材してから翌十七日に帰京する予定を作っていた。

八月六日は、ゆっくり休み翌七日から、京都の町を歩き廻《まわ》ることにした。

「京都の町、特に、六道周辺はすでに、お盆一色ですね。東京なんかとは空気が全く違います。本当に、ご先祖さまのというか、亡くなった方の霊を迎える気持ちになっています。これから、六道珍皇寺に行って、お盆の様子を見てきます」

と、佐伯は、七日の夕方、電話口でやや興奮した口調で、和田にいった。

佐伯が泊った部屋には、『お盆（正確には盂蘭盆《うらぼん》）の話』とか、『小野篁の謎』といった本が置いてあった。

佐伯は、小野篁に興味があった。

「昼は朝廷に夜は閻魔庁に仕えた」

そのまま受け取れば、昼間は、役所で検事として働き、夜になると、あの世へ行って、閻魔大王に仕えたということになる。あの世へ行くには、六道珍皇寺の井戸を使い、現世に帰ってくる時は、京都の北にある薬師寺の井戸を使ったという。

井戸が、使われたのは、その頃、あの世は地底にあると信じられていたかららしい。

しかも、本によると、小野篁が、あの世で、どんな仕事をしたかも、きちんと書かれているのだ。
○鬼と会い、急死した藤原高藤《ふじわらのたかふじ》を、閻魔大王にかけあって蘇生させた。
○篁の恩人である大臣藤原良相《ふじわらのよしみ》が重病で亡くなり閻魔大王の裁きを受けた時、大王に命乞いして、生き返らせた。
小野篁が生き返らせたのはどちらも実在の人物である。小野篁は、ただ単に、あの世へ行っただけでなく、あの世でも、きちんと仕事をしていて、そのことが、今昔物語に、書かれているのだ。

そのことも、七日の夕方、佐伯は、和田に報告した。

「六道珍皇寺のご住職は、何の疑いもなく、小野篁を信じていますね。問題の井戸も見せて貰いました」

「あの世へ行けそうか？　どんな井戸なんだ？」

「もちろん、ただの井戸です」

「小野篁は、六道珍皇寺の井戸から、あの世へ行き、現世に帰る時は、嵯峨野の薬師寺の井戸を使ったといわれている」

「ひょっとすると、六道珍皇寺の井戸から入り、薬師寺の井戸から出てきて、あの世へ行ってきたふりをして人々を欺《だま》していたのかも知れませんから」

と、佐伯は、笑った。

「それで、二つの井戸の間は、かなり距離があるのか？」

「六道珍皇寺は、東山《ひがしやま》で、薬師寺は嵯峨野ですから、十一、二キロは離れています。二つの井戸を、繋《つな》ぐのはまず、無理ですね」

と、佐伯は、いった。

「つまり、小野篁の話は、お伽話《とぎばなし》か？」

「実話の筈がありません」

と、佐伯は、切り捨ててから、

「それより、現実の京都の人々が、お盆の日に、ご先祖さまを迎えようと、呼びかける真剣さに感動しました。朝から並んで、地面に置かれた鐘を、紐《ひも》を引っ張って鳴らしながら、迎える人たちの名前を呼ぶんです。真剣で、涙を流している人もいました。形だけの呼びかけではなく、真剣に、声を嗄《か》らしているんです。あの光景には、本当に感動しました。あれに比べたら、小野篁の方は、完全にお伽話ですよ」

と、いった。

ところが、この報告が、最後になってしまったのだ。

佐伯は、毎日、朝九時と、夕方六時の二回、編集長の和田に電話連絡する約束になっていた。

それなのに翌八日は、朝と夕方の報告がなかったのだ。

(何か、京都で発見があって、それに熱中したため、定時の報告を忘れてしまったのだろう)

と、和田は、善意に解釈した。

何しろ今回の取材は、「魔界都市京都」だからである。

しかし、九日になっても、朝の報告は無かった。

和田も、さすがに不安にかられて、佐伯のスマホにかけた。

呼んでいるが、佐伯が出ないのではなく、かからないのだ。佐伯のスマホが、こわれてしまったのか、電池が切れたのか。

最後に、佐伯の泊っているホテルKに電話した。

フロントに、佐伯の名前をいうと、

「佐伯様は、一昨日《おととい》からお帰りにならないので、こちらとしても、心配しております」

と、いう。

一昨日、七日夕方の定期連絡はあったのだ。その後の連絡がないのだ。

「一昨日、朝食をすませて、お出かけになりましたが、お帰りがありませんでした」

と、フロント係がいう。

「外出する時の様子は、どうでしたか？」

と、和田が、きいた。

「とてもお元気で、ニコニコと楽しそうでしたから、取材大変ですねと、いいましたら、今日は、京都の魔界に寄ってくるんだと、おっしゃっていたんです。ですから、何か楽しいプランを立てていらっしゃるんだと、思っていたんですが」

「今、京都は、お盆で、お迎え一色でしょうね？」

「そうです。どの家も、鐘を鳴らして、ご先祖さまをお呼びします」

「佐伯は何処へ取材に行ったかわかりますか？」

「多分、六道珍皇寺だと思います。七日もあの寺にいくとおっしゃっていました。あのあたり、六道の辻《つじ》といい、あの世と現世の境といわれています」

と、フロントは続けて、

「つまり、あの世と現世の境に立って、ご先祖さまの名前を呼んでお迎えします」

「確か、六道珍皇寺には、あの世と現世を往復した小野篁が利用した井戸がありましたね？」

「はい。小野篁があの世へ行くのに使った井戸があります」

「あなたは、どう思いますか？」

「私――ですか？」

「小野篁が、井戸を使って、自由に、あの世と往来していたと思いますか？」

「そうですねえ。小野篁の時代は、可能だったんだと思います。『今は、月へ行けるのに、一番身近なあの世には、死なければ行けなくなった』と佐伯さんもおっしゃっていましたが、不便なものだと思いますね」

と、フロントが、いう。

「それでは、今でも、京都人の中には、小野篁のように、自由にあの世へ行ける人がいると思いますか？」

多少、馬鹿らしいと思いながらも、和田は、そんな質問を、ぶつけてみた。

フロントの声が、和田にそんな質問をさせたのだ。

「そうですねえ」

と、間を置いて、フロントは、いった。

「冥府《めいふ》へ自由に往来することが出来る人がいるかも知れません」

冗談の調子ではなかった。多分、フロントは、真剣に、身の廻りの人たちの顔を思い浮かべて答えたのだ。

少しずつ、電話の相手と、気持ちの上のへだたりが大きくなっていきそうなので、和田は、

「ともかく――」

と、いった。

「彼が戻ってきたら、すぐ、こちらに連絡するようにいって下さい」

それで、電話を切った。

しかし、その後も佐伯からの連絡は入らない。いらだちを鎮《しず》めようと、テレビをつけると、京都のお盆の光景が映し出された。

六道珍皇寺だった。

並んでいる人たち。

鐘につけた紐を引っ張ってそれを鳴らし、大声で亡くなった人の名を呼ぶ。どの顔も真剣だ。

興奮して、叫びながら、その場にしゃがみ込んでしまう人もいる。佐伯は、その光景を取材しに行った筈なのに、彼の姿は出てこない。

映っていないなと見ている中《うち》に、ふいに「消えた」という言葉が頭に浮かんだ。

そのうちにテレビ画面は、祇園《ぎおん》の家並みに変わった。どの家の玄関にも灯《あか》りがともり、野菜で作った馬が置かれている。呼び出したご先祖さまの乗り物だ。どの家の玄関にも、置かれているのだ。

家々の前の通りを、ぞろぞろと、観光客が歩いている。外国人もいれば、日本人もいる。どちらも、面白そうに玄関をのぞき込んでいる。日本人、特に若い日本人にとっては、物珍しいオモチャに見えるのだろう。

和田も、子供の時に、一度見た記憶があるが、その後、一度も見たことはなかった。

そんなことを考えていると、取材に行った佐伯が、ますます、消えてしまった存在になっていった。

和田は急に、無性に腹が立ってきて、めちゃくちゃに、操作ボタンを押した。ニュースをやっているチャンネルもあれば、ドラマや、クイズのチャンネルもある。ニュースでも京都の町のお盆の風景を報じていた。だが、佐伯は映っていない。

(消えやがった)

和田は、乱暴にテレビを消した。

3

翌十日の朝、和田は、編集者を集めて、怒鳴った。

「佐伯君は、消えてしまった。今のままでは、秋の合併号の特集が間に合わないので、これから私が、京都へ行ってくる」

と、いってから、

「畑《はた》君」

と、女性編集者の畑みゆきに声をかけた。

「君は確か、佐伯君と同じ大学だったな?」

「N大の日本文学で、一緒に同人雑誌をやっていたこともあります」

「それなら、彼の考え方もわかるだろうから、一緒に京都へ行って探して貰う」

と、和田はいった。

タクシーを呼んで、東京駅に急ぐ。

午前九時発ののぞみ二一三号に乗る。

腹を立てているので、のどが渇き、車内販売で、コーヒーを注文し、二人で飲む。

「君は、京都は初めてか？」

と、和田が、きいた。

「大学時代に何回か行きました。うちの会社に入ってからは、二回です。それも仕事以外です」

「京都は、好きか？」

「昔は好きでしたが、今は、嫌いです」

その言葉で、和田は、みゆきを見直した。

「女性では珍しいね。どうして嫌いなんだ？」

「昔は、頑固なところが好きだったんです。牛丼のチェーン店や、アメリカのハンバーガー店を、なかなか受け入れなかったり、受け入れても、看板の派手な色を地味にしろとかいう頑固なところが好きだったんですが、最近は、メインストリートの四条通に、吉野家が店を構えたり、アメリカのカフェが、大きな顔で店を出すのを許したり、妥協するようになったりしているのが、嫌いなんです」

「面白いね」

「私は、面白くないです」

「実は、姿を消した佐伯君と、その点を、議論したことがあったんだ。京都人は、特別な人種で、観光客には優しいが、実は、魔界都市であることを、守っているんじゃないか。今お盆だが、平安時代、小野篁は、昼間は朝廷に仕え、夜は閻魔大王に仕えていた。つまり、現世と冥界を自由に行き来していたといわれているが、これは事実だったんじゃないかという話をしたんだ」

「小野篁の話は知っています。でも、あの世へ井戸を通って行ったとか、戻って来たというのは、あくまで、物語だと思います」

「しかし佐伯君はね、人類は、月へ行けるようになった、それなのに、何故、身近なあの世へ行けなくなってしまったのだろう、といっていた」

「じゃあ、佐伯君も、京都で、あの世へ行ったということなんですか？」

「小野篁について、しっかり調べてくると、いっていたんだ。もし、井戸を通って冥府へ行ったのなら、なぜすぐ井戸を使って現世に戻って来て取材結果を報告しないのかとそのことに腹が立っているんだよ」

と、和田は、いった。

午前十一時十七分。京都着。

今日も、京都の町は、表は、観光客でごったがえし、裏では、昔のまま静かにお盆の「お迎え」を続けていた。

二人は、まず、佐伯が、宿泊していた、駅近くのホテルKに向った。

フロントでチェック・インの手続きをしてから、和田が、佐伯のことを聞いた。

「まだ、お戻りになりませんし、連絡もございません」

と、フロントがいう。

そのカウンターにも、野菜で作った乗り物がきちんと置かれていた。

和田は、佐伯が泊っている部屋に案内して貰った。

シングルルームだが、佐伯が、長身なのでキングサイズだった。

ボストンバッグが、残っていた。

十六日の送り日の翌日までの宿泊なので、バッグの中には、着がえの他に、京都の観光案内が入っていた。

その観光案内のページを、繰ってみた。

京都全体の地図のところどころに、赤いマークがつけてあった。

六道珍皇寺
幽霊子育飴
薬師寺（嵯峨野）
六道の辻
生の六道

この五カ所である。佐伯は、観光地図を見て、取材すべき場所を選んだのだろう。

だが、この五カ所を取材したのなら、何故、報告して来ないのか。

和田は、東京から持ってきた数枚の写真を取り出した。

佐伯の写真である。全身のものもあれば、顔写真もある。

「今から、佐伯探しをやる。彼が、この五カ所を取材して回ったとすれば、一八五センチの長身だし、顔の造りも派手だから、覚えている人がいる可能性がある。だから、まず、佐伯探しだ」

と、和田は、みゆきに、いった。

ホテルを出て、まず、六道珍皇寺に向う。

寺の前には、「六道の辻」の碑が立っている。

二人は、寺に入る前に、寺の傍にある「幽霊子育飴」を訪ねた。

平安の頃、生活に困って子を捨てた女が、死んだ子の泣き声が気になって、飴を買って、子のところに持って行ったという昔話の「幽霊子育飴」が、今も売られているのだ。

小さな、ガラス戸の店である。特別に宣伝しているわけでもなく、すすけた小さな店だった。客も入っていない。

二人は、きしむガラス戸を開けて中に入り、店番をしている小柄な女から、袋に入った飴を買った。ついでに、佐伯の写真を見せたが、相手は、首を横に振っただけである。

飴の袋を持って店の傍の六道珍皇寺に向う。

この辺りの京都の人たちは、お迎えを全てすませてしまったのか、今日は、鐘も鳴らず、ご先祖を呼ぶ声も聞こえなかった。

この寺には、左右に善童子《ぜんどうじ》と、獄卒《ごくそつ》を従えた小野篁の立像がある。

みゆきが、その写真を撮っている間に、和田は、住職に、佐伯の写真を見せていた。

幸い、住職は、佐伯を覚えていた。

「七日だったと思いますよ。善男善女が、必死に、鐘を鳴らして、ご先祖さんをお迎えしようと、名前を呼んでいる時に、小野篁は、本当に、昼は朝廷に仕え、夜は閻魔庁に仕えていたのか、井戸を使って、あの世へ行けたのかとしつこくきかれるので、困りましてね。本堂の裏に小野篁が使った井戸があるから、のぞいてご覧なさいといったんです。そのあと、ちょっと心配だったので童子《こども》を、見にやらせたら、佐伯さんですか、井戸をのぞき込んでいたが、その中に、ライトを頭に取りつけて、井戸の中に下りていったと、童子が知らせてきましてね。怪我《けが》でもされたら大変だと思いましてね。寺の人間と一緒に、井戸を見に行きました。もう誰もいませんでした。ただ、井戸の底に頭に取りつけていたライトと、ロープが落ちていました」

「そのあと、佐伯は、こちらに何かいってきましたか？　小野篁像や、お迎えの様子を写真に撮った筈なんですが」

「いや、佐伯さんには、そのあと、お会いしていませんよ」

住職は佐伯が井戸の中に落としていったという頭につけるライトと、ロープを見せてくれ、佐伯の服装も教えてくれた。

「妙な質問ですが、裏の井戸から、あの世へ行けるんですか？」

と、和田は、きいてみた。

住職は、その質問に対して、

「それを知りたければ、ご自分で、調べてみられたらどうですか？」

と、いい、本堂裏の井戸に案内した。

石に囲われた井戸で、竹を編んだ蓋がしてあった。

その蓋をずらして、和田は、のぞき込んだ。が、すぐ、蓋を戻して、

「もう結構です」

と、住職にいった。

4

どうやら、佐伯は、六道珍皇寺の井戸を中まで調べたらしいことまではわかった。

彼が用意していたという頭に取りつけるライトのことは、みゆきが、覚えていた。

「京都に行く前、そのライトを買ったと、私にいってました。だから、最初から、このお寺の井戸を調べるつもりだったと思います」

と、みゆきが、いう。

報告の電話は、井戸に入った後のものだろう。だったら何故、ライトとロープが井戸の底に落ちていたのか。

「佐伯は、今、何処《どこ》にいるんだ？」

と、和田が、大声を出した。

翌日、二人は、東山警察署を訪ね、佐伯の捜索願を提出した。

「うちの雑誌で、今回、魔界都市京都という特集をやることになりましてね。佐伯という編集者を京都へ取材に来させたんですが、行方不明になってしまったのです」

和田は、佐伯の写真五枚も、渡した。

三浦《みうら》という警部が、きいた。

「たしかに、仕事で京都の取材に来たのに、何の報告もして来ない上に、ホテルにも戻っていないというのは、おかしいですねえ。新入りの編集者なんですか？」

「いや、もう数年働いている中堅の編集者です」

「今までに取材中に、連絡が取れなくなったことは？」

「ありません。ですから、何か事件に巻き込まれたのではないかと心配でして」

「京都では、十六日の送り火まで、お盆一色になります」

と三浦警部がいった。

何か叱られている感じで、和田は、恐縮して、

「よく、わかっております」

「京都の人間は、ご先祖さまを、お送りしてお盆を了《お》えるんですが、五山の送り火は、賑《にぎ》

やかですよ」

「五山の送り火は、前に、見物したことがあります。佐伯は、それを取材して、十七日に東京に帰ることになっていたんですが」

「京都の盂蘭盆は京都をあげてのお祭りですが、宗教ごとなので、めったに、問題は起きませんから、佐伯さんが、事件に巻き込まれたということは、まず、無いだろうと思いますね」

と、三浦警部は、いうのだ。

最後まで、皮肉をいわれている感じで、腹が立って、警察の帰りに、和田は、京都の地方新聞社に廻った。

ここでは、和田は、自分がいっていた、京都が魔界だ、という説を佐伯のものとして、青木《あおき》というデスクに話した。

「うちの佐伯という編集者が、いつも、京都は、魔都だと主張し、今も、魔界だというのですよ。あまりにも、うるさいので、それならうちの雑誌で、京都特集をやるから、京都が魔界だと証明する記事を取って来いとハッパをかけたんです。六道珍皇寺の本堂の裏に、井戸があるでしょう。小野篁が、その井戸を使って、あの世へ行ったという井戸です。佐伯は、その井戸を使えば、小野篁のように、冥土へ行けると思ったのか、八月七日に、ロープと、ライトを使って、井戸へ入っていったんですが、そのまま消えてしまったんです。文字通り、消えたんです。何処に行ったのかわからず、連絡もありません。それでお願いですが、紙面で、佐伯に呼びかけたいのです。すぐ、こちらに連絡するようにと。もし、急病で入院しているのなら、何処の病院にいるのか、知らせろとです」

和田は、ここでも、相手に、佐伯の写真を渡した。

新聞に、呼びかけをのせることを引き受けてくれたが、青木は、最後に、意地の悪い質問をした。

「佐伯さんが、もし、井戸を通って、冥土へ行ってしまっていたら、どうします？」

5

翌日の京都タイムスに、和田の呼びかけがのった。

しかし、五山の送り火の記事が大きく、和田の呼びかけは、ごく小さくて、佐伯からの連絡も全く無かった。

その代わりに、東山警察署から呼び出しを受け、京都タイムスの呼びかけについて、三浦警部に、皮肉をいわれた。

しかし、そのあとで、佐伯について、一つの情報を知らせてくれた。

「あなたも、ご存知と思うが、小野篁は六道珍皇寺の井戸を使って、冥府へ行っていましたが、冥府から現世に戻ってくる時は、嵯峨野の薬師寺の井戸を使ったといわれています。京都には、小野篁が使ったという井戸は、いくつも存在しているのです。他にも、小野篁と関係がある場所が、京都には、何カ所か存在するので、市内の複数の警察署に照会しました」

「ありがとうございます」

「その結果、ある場所で、佐伯さんと思われる男が、目撃されたという知らせが、入りました」

「何処ですか？」

「上京《かみぎょう》区千本通《せんぼんどおり》寺之内上るにある千本ゑんま堂の近くで、七日の夕方です」

と、三浦警部は、いった。

「ゑんま堂なら、小野篁と関係がありますね」

「そうです。小野篁が、冥府に行った時、閻魔大王に、『われを船岡山《ふなおかやま》の麓《ふもと》に祭れ』と命令されたので、その姿を彫り小祠《しょうし》を建て、『閻魔堂』と名付けて祭ったのが、この千本ゑんま堂になったといわれます。境内の観音堂には小野篁像が安置されています。ゑんま堂の境内に、紫式部の供養塔があるんですが、実は、佐伯さんらしき人物は、その供養塔の近くで、目撃されたんです」

「紫式部のですか？」

「紫式部は、小野篁が亡くなってから、生まれていますが、紫式部は、小野篁を慕っていた、恋していたといわれて、そのため、並んで立っているのです。従って、佐伯さんは、小野篁の像を見に行ったのか、紫式部の供養塔を見に行ったのかわかりませんね」

と、三浦は、いった。

和田は、その場所を、持参した京都の地図の上に、印《しる》して貰った。

六道珍皇寺

薬師寺

ゑんま堂

の三カ所である。

三カ所の間には、かなりの距離がある。

「他に、佐伯が目撃された場所は、ありませんか？」

和田が、きく。

「残念ながら、今のところ、六道珍皇寺と、ゑんま堂の近く、正確には、小野篁の像と紫式部の供養塔の近くだけです」

と、三浦警部は、いった。

「何故、その二カ所だけなんでしょうか？」

和田が、聞くと、三浦は、急に不機嫌になって、

「そんなことは、本人に聞いたらいいでしょう。あなたの同僚、いや、部下なんでしょう。別に事件に巻き込まれた気配もありませんよ。連絡を取ったらいいでしょう」

まさに、その通りなのだ。

佐伯との連絡が取れなくなった時、和田はてっきり、事件に巻き込まれたに違いないと思った。

それ以外に考えようが無かったのだ。

しかし、どうも違っていたらしい。

七日の午前十一時頃、佐伯は、六道の辻にある六道珍皇寺で、目撃されている。これは、寺の住職や、寺の人間、童子が、目撃し、問題の井戸にロープや、ライトを、残している。

和田は、粘って、

「千本通のゑんま堂近くで佐伯が目撃されたのは、正確には、何時頃なんですか？」

と、きいた。

三浦は、手帳を見直してから、

「八月七日の午後六時頃、まだ、この季節、明るかったと目撃者は、いっています。半袖のシャツで、野球帽をかぶっていたといいます」

「その服装なら、六道珍皇寺と同じです」

と、いってから、和田は、

「嵯峨野の薬師寺での目撃は、無かったんですか？」

「目撃証言はありましたが、あまり信頼できるものではありません」

「それでも構いません。教えて下さい」

「薬師寺には、小野篁が、冥府から現世に戻る時に使った井戸があります。その寺の入口附近で、目撃されているのですが、七日ではなく、翌、八日の早朝、六時頃のうえ、服装が違っているのです。こちらは、ジーンズに半袖シャツで、そのシャツの背中に『縁《えにし》』の文字が大きく描かれていたということです。それに白い野球帽をかぶっていた。ただ、やたらに背が高かったとも、証言していますが、同一人という確証はないのです」

「目撃者は、どういう人ですか？」

「七日のゑんま堂の場合は、近くに住む人間で、八日の薬師寺は、寺の近くの住人が朝の散歩で目撃しています」

「その方の名前は、わかりますか？」

「ゑんま堂は、浅川秀一《あさかわしゅういち》という七十二歳の老人です。無職となっていますが、郷土史家ともいわれています」

不機嫌な表情だが、それでも、丁寧に教えてくれた。

東山警察署を出ると、和田は、

「どうなってるんだ！」

と、叫んでから、

「六道珍皇寺から、ゑんま堂まで、歩いてみよう」

と、みゆきに、いった。

「暑いですよ。現在四十一度です」

「それでも歩いて行きたいんだ」

「小野篁の時代は、車も電車もありませんでしたからね」

「途中で辛《つら》くなったら、タクシーに乗っていいから」

と、和田は、いった。

和田は、いったんタクシーで、六道珍皇寺まで戻り、そこからゑんま堂に向って、歩き出した。

一番わかり易《やす》いルートを選ぶことにした。

五条通を、西に向い、千本通にぶつかるとその道を、北に向って、歩くことにした。

まっすぐ、南北を貫く道路である。

相変わらず、観光客であふれている。タクシーやバスが、観光客を乗せて走る。時には、人力車の姿が見えたりする。

そんな雑踏の中を、和田とみゆきは、北に向って歩き出した。

最初は彼女も元気だった。

「平安京の頃から、こんな広い通りが何本も南北に走っていたんですね」

と、感心したようにいう。

「それに、横にも、何本もの道が通っていて、碁盤の目になっていた。当時最高の学問だった陰陽道に従って、都全体が、作られていたからだよ」

と、和田が、即成の知識で答える。

「小野篁は、六道珍皇寺の井戸から入って、地下を通って、ゑんま堂へ抜けたんでしょうか」

「地下のあの世を通ったんだろう」

「佐伯君も、その真似《まね》をしようとしたんでしょうか？」

「これだけ、人があふれているから、地上を歩いたら、目撃者がいると思うからね」

「地下鉄もありますよ」

「だが、駅に入るから、目撃される可能性がある。彼は、でかくて、目立つからね」

「この千本通を歩いても、目立ちますよ」

とにかく、暑い。

七日も、暑かった筈である。

「歩いてるのは、観光客ばかりに見えるな」

「そうですよ。京都人は、あの世から、ご先祖さまを迎えて、送り火の日まで静かに家の中で、おもてなしをしているんじゃありませんか」

少しずつ、みゆきが疲れてくる。途中、「甘味」の店を見つけて寄ることにした。

ここも観光客で、一杯だった。

京都風のみつ豆を食べたあと、和田が、

「君は、ここからタクシーを拾って、向うで待っていてくれ」

と、みゆきに、いった。

「編集長は、歩くんですか？」

「佐伯も、歩いただろうからな」

「しかし、井戸を使って、地下を歩いたら、涼しかったかも知れませんよ」

と、みゆきが、いう。

そんな彼女を、タクシーに乗せてから、和田はまた、ゑんま堂に向って歩き出した。

歩きながら、和田は、平安京を思い浮かべた。

今と同じく、盆地に作られた都である。

建物は低かったから、真夏の太陽は、さえぎるものもなく、照りつけていたことだろう。

今より暑かったに違いない。

炎天下を歩きながら、京都人は、冷たいもの、涼しいものを、思い描いていただろう。

井戸――水――地下。

だから、小野篁が、井戸を通って、地下にあったという冥府を往来するような伝説が生まれたのではないのか。

昨夜、ホテルKの部屋で、和田が読んだ観光案内には、千本通について、こんな話が書いてあった。

「冥界と現世を往き来していた日蔵上人《にちぞうしようにん》が、冥土へ行くと、生前菅原道真《すがわらのみちざね》を島流しにした罪にさいなまれて苦しんでいる醍醐《だいご》天皇に会った。帝《みかど》は自分を救うためにお経をあげ、千本の卒塔婆《そとば》を立ててくれと頼んだ。上人は、さっそく蓮台野《れんだいの》葬場に、千本の卒塔婆を立てて供養した。この千本の卒塔婆が、通りの名前の由来である」

平安時代、京都には、三つの葬場があったといわれる。

死者を葬《ほうむ》る場所である。宮中は華やかだが、町の中は、疫病や飢えなどで、死んだ庶民の遺体が散乱していたという。検事だった小野篁たちは、葬場を整備し、火葬をすすめ、現世と冥土とのつながりを説いた。

そうして設けられたのが「鳥辺野《とりべの》」「化野《あだしの》」「蓮台野」の三つの葬場である。

この中の蓮台野の入口にあるのが、ゑんま堂で、正式名称は、引接寺《いんじようじ》だと、観光案内には説明されていた。

汗だらけで、やっと辿《たど》りついた和田は、一息ついてから、三浦警部に教えられた浅川秀一という目撃者に会うことにした。

ゑんま堂の住職に聞くと、幸い、近くに住む浅川秀一を知っていた。

近くの茶店で会った。

小柄な老人だった。会うなり、浅川は、思い出しながら描いたといって、色紙をくれた。

墨一色のスケッチだった。

背の高い男が描かれている。ひとめ見て、和田は間違いなく佐伯だと確信した。

有名なロゴの入った半袖シャツも、白い野球帽も、よく佐伯が身につけていたものだし、何よりも、顔の特徴をよくとらえていた。

「元気そうでしたか?」

と、和田が、きくと、

「私が、声をかけたら、ニッコリして、頭を下げられましたよ。それで、京都が好きな人だなと思いました」

「シャツの背に、『縁』と字があったそうですが」

「ええ。見送ったら、背中の一字が見えましてね。今、お盆ですから、縁の字は、ふさわしいと感じました。だから、強く印象に残っています」

と、浅川がいった。

途中で、みゆきが、店に入ってきた。

「迷《ま》い子になったのかと心配したよ」

と、和田が声をかけると、みゆきは、

「早く着いたんで、ゑんま堂をのぞいたり、寺の周りを聞いて廻ったりしてました」

といい、冷たい抹茶を、口に運びながら、

「閻魔様も見て来ました。大きくて、眼《め》がギラギラ光って、怖かったです」

「像の高さは、二・四メートルもあるし、眼には琥珀《こはく》がはめ込んでありますから、迫力がありますよ」

と、浅川が、微笑した。

和田も、住職に会ったとき、閻魔大王像を見ている。

確かに、二メートル以上の高さで、眼が、キラキラ光り、迫力がある。

(佐伯も、ここに来て、あの閻魔像と対面したのだろうか?)

と、ふと、思った。

和田は黙って、スマホで、佐伯にかけてみる。

相変わらず、かからない。消えてしまったままなのだ。

心配と、腹立たしさが、交錯する。何故、消えてしまったのか。何のマネなのか。

和田のスマホが鳴った。

和田が、耳に当てる。

浅川と、みゆきが、一斉に注目する。

だが、佐伯からではなかった。

「京都タイムスです」

と、相手がいう。

和田は、「違う」というように、手を小さく振ってから、

「何かわかりましたか？」

と、きいた。

「人探しの広告に、やっと、反応がありました。詩仙堂《しせんどう》をご存知ですか？」

「名前は知っています。庭が美しい所でしょう？」

「そこに、忘れな草というノートが置かれています。旅人が、京都に来た感想を書いたりするものですが、それに、S・K（東京）という署名があるというのです」

「イニシャルは、佐伯敬《けい》に合っていますが」

「八月七日の日付で、ノートにS・Kさんが、書き込みをしています。『京都は魔界』とです。この話、あなたの人探しと関係ありますか？」

と、相手が、きいた。

S・Kというイニシャルだけでは、それが佐伯敬かどうかはわからない。

しかし、「京都は魔界」というのは、和田は、佐伯とそんな話をしたことがある。

翌日、和田は、みゆきと、詩仙堂に行くことにした。

叡山《えいざん》電車を「一乗寺《いちじようじ》」で降りて、山の方角に向って、歩いて行く。

「学生時代、詩仙堂へ行ったことがあります。その時、置いてあるノートに何か感傷的な文句を書いたのを覚えています」

と、みゆきが、いう。

詩仙堂には、今日も、十二、三人の観光客がいた。

書院に、思い思いに座り込んで、黙って庭を眺めている。

二人は、棚に置かれたノートを手に取った。

八月七日のところを見てみる。

S・Kのサイン。

そこに書かれた文字。

(間違いなく、佐伯の筆跡だ)

と、思った。

右肩あがりの特徴のある文字が並んでいる。

黙って、ノートを渡すと、みゆきは、

「佐伯君の字です」

と、反射的に、いった。

「彼は、何かを、実行して、感じたことを書いたのだろうか？」

和田が、小声で、みゆきに、いった。

「今までのことを考えると、実行したんだと思います」

「成功したのかな？」

「え？」

「失敗したのなら、報告している筈だからな」

と、和田は、いう。

しかし、その一方で、成功した筈もないと思う。六道珍皇寺の井戸を使って、あの世へ行ける筈はないと思うからである。

和田は備えつけのボールペンを取って、ノートに書きつけた。


「S・Kへ。

君を探している。

すぐ、私に連絡してくれ。仕事のこと忘れるな。

和田」

二人は、ノートを棚に戻して、詩仙堂を出た。

間もなく、五山の送り火である。

佐伯は、何処にいるのか。

連絡してくるだろうか。

そして、彼は、小野篁の真似をして、六道珍皇寺の井戸を使って、冥府へ行けたのだろうか?

第二章　冥府からの報告

1

佐伯敬がいなくなった。いや、消えてしまった。

和田の感覚では、その言葉が、もっとも納得できるものだった。

詩仙堂に置かれたノートに、八月七日の日付と共に書かれていたS・Kのサインが、今のところ、佐伯の存在を示す、最後の印である。

しかし、そこに書かれていた言葉は、

「京都は魔界」

というたった五文字だった。

取材前に和田がいった言葉だった。

しかしこれだけでは、佐伯が残した意味も、はっきりしない。取材に来た佐伯が、取材した相手に、「京都は魔界だよ」と、いわれたのか、何かに、「京都は魔界」と書いてあったのをメモしたのか、佐伯自身が何かにぶつかって、京都は魔界だと感じたのかもわからないのだ。

そのあと、佐伯は六道珍皇寺に行き、京都の人たちのお盆の迎え火の様子を見たあと、小野篁の真似をして、ロープとライトを持って、本堂裏の井戸に入った後、消えてしまったのだ。

そのあと、紫式部の供養塔の近くで、佐伯らしい男を見たという老人が現れたりしたが、本人かどうかの証拠はない。

仕方なく、和田は東山警察署に捜索願を出し、しばらく佐伯の泊まっていたホテルKに滞在することにした。

八月十六日は、五山の送り火である。祖先の霊を迎えた京都の人たちが、今度はあの世へ送り出す壮大な行事である。

観光客にとっては、心の京都を味わえる日だ。

和田は、何となく、この日に、佐伯が現れるような気がしていた。

それまで、和田は何も出来ずに、京都で過ごした。佐伯は消えたままで連絡もない。

彼自身は、無為に過ごしたのだが、彼の周辺では、間違いなく、事態は動いていた。それも奇妙な動き方だった。

ホテルのフロントに、

「編集者の佐伯が、なかなか見つからなくてね」

と、つい愚痴《ぐち》をこぼすと、

「佐伯さんは、小野篁の真似をして、六道珍皇寺の井戸を使って、冥府へ行ったんでしょう。向うで楽しんでいるんじゃありませんか」

と、微笑するのだ。

「京都タイムスを読んだの？」

と、きいてみた。佐伯探しに地元の新聞を使ったからだ。

「ああいうものは、読まないことにしています」

「じゃあ、どうして知ってるの？」

と、和田が聞くと、フロント係はまた笑顔になって、

「皆さん、知ってますよ。小さい町ですから」

「皆《み》んなって？」

「皆んなです。観光客は、知りませんが」

妙に落ち着いた調子でいう。

「しかし、誰も私には、いわなかったが」

「それは京都ですから」

「京都だからって？」

「京都ですし、京都人ですから」

と、繰り返す。

「君は、佐伯が、六道珍皇寺の井戸を通って、あの世へ行ったと思っているの？」

「向うに行っていたら、結構楽しんでいらっしゃると思いますよ」

「しかし、実際には、死ななければ、行けない場所だということは、わかっている筈だよ」

「でも、いつかは、必ず行く場所ですよ。行きたくなくても」

「それは、そうだが」

「それなら、その前に、行ってみたいと思う人がいても、おかしくはありません」

「じゃあ、行きたいと念じれば、行けると思うの？」

「かも知れませんね。平安時代には、小野篁を始め、何人もの人が、現世と冥府を往来していますから」

「君は、行きたいと思ったことはないの？」

「私は、今が楽しいですから、冥府に行くのは、最後の日でいいと思っています」

本気でいっているのか、こちらをからかっているのか、和田には、判断がつかなかった。

「間もなく、十六日で、五山の送り火だね」

「はい」

「この日になったら、佐伯は、現れるだろうか？」

「それは、佐伯さんの気持ち次第でしょうが、あなたが、迎えに行かれたら、どうですか？」

と、フロント係が、いきなりきいた。

和田は、一瞬、むっとした。

「行かれる筈がないだろう」

「ひょっとすると、招待状が来るかも知れませんよ。ここは、京都ですから」

と、フロント係はいった。

和田は、京都の人間が、「京都には、日本人と京都人がいる」というのを聞いたことがあった。その言葉を京都人のわからなさを説明するのに、彼自身、使っていたから、この瞬間、和田の耳には、

「ここは、日本じゃありませんから」

と、聞こえたのだ。

もちろん、フロント係が冗談でいったのはわかっていたが、翌日、佐伯探しに、歩き廻って、ホテルに戻ると、

「届いてますよ」

と、フロント係が渡したのは、まぎれもなく招待状だった。

2

葉書大の白い封筒の表に、

「御招待　和田編集長様」

とあり、NO2のナンバーが、入っていた。

ホテルの郵便受けに入っていたという。

裏を返すと、そこには「都能《みやこのう》保存会」とあって、和田は、少しばかり、がっかりし、少しばかり、ほっとした。

封筒の中身は、正式な招待状だった。

「来《き》る八月十六日夜、五山の送り火に合わせて、能の天才世阿弥《ぜあみ》が作った能狂言『井戸《いど》』を嵯峨野の薬師寺に作りました能舞台で演じることになりました。

演じますのは、白拍子《しらびようし》と翁《おきな》の二人で、翁に教えられて、白拍子が薬師寺の井戸を使って、あの世（冥府）に行き、閻魔大王に会い、再び、現世に戻ってくるという作品です。

この謡曲に、関心があると思われる方五十名を御招待させていただくことにしました。

ぜひ、ご足労頂き、魔界京都の夜のひと時をお楽しみ下さい。

嵯峨薬師寺　八月十六日　午後六時」

正直にいって、和田は、能狂言の舞台を見たことはなかった。

世阿弥の名前は知っていたが、どんな作品があるのかも知らないのだ。

そこで、スマホで調べてみた。

世阿弥は、室町時代に現れたスーパースターで、彼によって、奉納芸能だった能楽が、能、狂言という芸術になったという。

彼は、数多くの謡曲と同時に『風姿花伝《ふうしかでん》』などの芸談を残している。

「秘すれば花、秘せずば花なるべからず」

この言葉は、和田も知っていた。

世阿弥が作った謡曲は「夢幻能《むげんのう》」と呼ばれて、現世と冥界を交差させる演出になっている。夢幻能の主役（シテ）は、魔界の住人で、自由に現世に現れては、無念を語る。自由に往来する。つまり、世阿弥の描いた世界は、魔界そのものだった。

世阿弥の全作品を調べてみる。

「高砂《たかさご》」「忠度《ただのり》」「船橋《ふなばし》」「百万《ひやくまん》」「花筐《はながたみ》」「桜川《さくらがわ》」と見ていったが、「井戸」という謡曲は無かった。

それでも、和田は畑みゆきを連れて、八月十六日の午後六時に、嵯峨野の薬師寺に足を向けた。

門を入ると、庭に能舞台が作られていた。

正面に四角の本舞台があり、その正面の鏡板《かがみいた》には大きな松が描かれている。松には、昔から神が宿るといわれているらしい。

奥には、鏡の間と呼ばれる演者の控える部屋があるが、五色の揚げ幕でさえぎられていた。まるで、そこは別世界だといいたげである。その間は、橋掛りと呼ばれる廊下で、繋がれている。

本舞台の正面が客席になっているのだが、すでに三十人ばかりの招待客が入っていた。地元京都の人を招待したというより、外からの招待客が、大半らしい。和田の知っている東京の新聞記者の顔もあった。

舞台の周りには篝火《かがりび》が焚かれていた。

午後六時になると、橋掛りを伝って、「翁」と「白拍子」が現れた。

翁は面をかぶって、神の化身を演じるのだが、今日はいきなり面をとって、「井戸」の説明と、陰陽道の説明を始めた。

「京都は、陰陽道に従って作られ、今も、陰陽道が生きているといわれ、時には、魔界といわれます。その本当の意味を知る者は京都人だけです。これは自慢ではありません。私たち京都人は、否応《いやおう》もなく、その中に生きているからです。

陰陽道というと、皆さんは安倍晴明《あべのせいめい》の名を思い出されると思いますが、その歴史は更に古く、聖徳太子が三十一歳の時、百済《くだら》の僧、観勒《かんろく》が、天文学、地理学、遁甲《とんこう》(忍術)、方術(不老不死の術、占い、医術)などを伝え、それが日本の原始宗教(アニミズム)、自然への恐怖、呪いや道教、風水、天文、神道、密教仏教などと、合体して、陰陽道が出来あがったといわれています。安倍晴明の前に、賀茂忠行《かものただゆき》という大陰陽師がいて、晴明も、この忠行に師事しています。その後、天文学は安倍家、暦道は賀茂《かも》家が専有することになりましたが、永禄八年（一五六五年）に賀茂家が継絶し、現在は、両家は土御門《つちみかど》家で統一されていますが、こちらの白拍子は、賀茂家の子孫で、名前は賀茂かおる。もちろん女呪術師です。付け加えれば、祇王《ぎおう》も仏御前《ほとけごぜん》も、神に仕える巫女《みこ》で、呪術者です。これから演じます『井戸』は、世阿弥の作りました謡曲でございますが、今回、この薬師寺の裏に冥府に通じる井戸が作られましたので、あの小野篁の史事にならい、この白拍子がその井戸を使って、冥府に行き、閻魔大王に会って、現世に戻ってまいります。それを皆様も共有して下されば、幸いです」

そのあと、質問を受け、それには、白拍子が答えることになった。

わッと手が上がる。それを抑えるように和田が背伸びをし、大声を出した。

「私のところの社員が、行方不明なんです！」

「佐伯さんのことは、知っています」

と、白拍子がいう。

烏帽子《えぼし》、水干《すいかん》、白鞘巻《しろさやまき》の刀で、男装姿の白拍子に向って、

「どうして、名前を知っているんですか？」

「佐伯さんが小野篁を真似て六道珍皇寺の井戸から、冥府に行ったことは、京都の人なら誰もが知っています」

「あなたは、今日、この薬師寺の井戸を使って冥府へ行かれるんですね？」

「はい。向うで、佐伯さんに会ったら、何といいましょう？」

「雑誌の締切が迫っているから、早く、現世に戻って来いと伝えて下さい！」

本来なら、照れ臭くて笑いながらいう言葉である。

それなのに、何故か、和田は、真剣にその言葉を口にしていた。

東京の新聞記者たちが、これも真剣に質問をぶつけていく。

「小野篁は現世と冥府を自在に往来したといわれますが、それを信じているんですか？」

「小野篁は実在の人物で、当時のお役人です。経歴もはっきりしています。信じるのが、当然でしょう」

と白拍子が笑顔で答える。

「しかし、あの世へは、死ななければ行けないんですよ」

「行きたいと念ずれば、行けると思います。ですから、私も行ってきます」

「それを、どうやって証明するんですか？　何処かに隠れていて、時間が来たら、ふいに現れて、冥府に行って来たと主張するんじゃありませんか？」

「あなたが私と一緒にあの世へ行って下されば、一番簡単ですが、あの世へ行けるとは信じていないから、どうしたらいいんでしょう?」

白拍子は、翁を見た。

翁は、もう一度、面を外して、

「大文字の送り火が始まったら、本堂裏の井戸に、白拍子が入ります。小野篁とは反対に、今夜はこの薬師寺の井戸から冥府に行き、戻ってくるのは、六道珍皇寺の井戸ですから、お仲間がいるのなら、一人が、こちらに残り、お友達はすぐ、六道珍皇寺に行き、向うの井戸を監視されたらいい。大文字の送り火が消える頃、白拍子が、井戸から出てきますから、それを写真に撮られたらどうですか? 冥府に一緒に行かれないのなら、他に証明のしようがありませんね」

落ちついた声で、いった。

「ここに、京都の人は一人もいないみたいですが、何故、いないんですか? 嘘だと知っているからじゃないんですか?」

もう一人の東京の新聞記者が意地の悪い質問をした。

白拍子が微笑した。

「京都は千年の歴史を持っています。しかし、平穏な、豊かなばかりの都ではありませんでした。京都は中国の都長安《ちょうあん》、洛陽《らくよう》を模して建てられたといわれますが、六道の辻の向うは死の世界で、今の二年坂《にねんざか》や三年坂のあたりには、鬼が棲《す》みついていたといわれます。さまざまな天皇が怨霊といわれましたが、早良親王《さわらしんのう》は平安京最大の怨霊といわれ、それを鎮めるのに苦労しています。

あわわの辻には鬼が歩き廻り、羅城門《らじょうもん》と、朱雀門《すざくもん》には鬼が棲み、鵺《ぬえ》の鳴き声は都人《みやこびと》をふるえあがらせました。鞍馬山《くらまやま》には魔王が棲み、平将門《たいらのまさかど》の首は、都の空を飛び交いました。それと戦い、怨霊を鎮める為《ため》に陰陽道が生まれ、祇園祭《ぎおんまつり》も生まれたのです。その結果、京都人たちは、関わってもそれを口にしない。人の努力はひとまず、尊重し、信じようという生き方を選んだのです。その反対の生き方は結局、自分を亡ぼすことになると、わかっているからです」

「京都を魔界だと思いますか？」

「京都人は、それを楽しんでいます」

と、白拍子は、微笑した。

3

五山の送り火を楽しもうと、やって来た観光客たちは、今から始まる行事を見ようと、場所取りを始めた。

ホテルや、マンションの屋上に、人が集まってくる。

大文字
妙法
船形
左大文字
鳥居形

この五山だが、昔は、他に「い」「一」「竹の先に鈴」「蛇《へび》」「長刀《なぎなた》」などがあったという。

五山の送り火全部が見えるホテルやマンションの屋上は、すでに人で埋まっている。

その他、見やすい橋の上も、集まった見物人で身動きが取れない。

一方、五山では、先祖の戒名や俗名、願望を書いたゴマの木が焚かれるために、集められていた。

使われる薪《まき》は、火持ちのいい古松の根が使われる。それを束ねたものを、若者たちが担いで運んでいく。

最初の大文字は午後八時に焚松《たいまつ》に点火される。

それに合わせるように薬師寺では、シテとワキの翁と白拍子が本舞台から本堂の裏手に移動を始めた。

そちらに向っても、橋がかけられていたが、新しい井戸の周囲は、幕で囲まれている。

五十人の観客の半分が、六道珍皇寺に向って分かれて行き、残りの二十人余りが、薬師寺に残っていた。

幕が取り払われると、新しく作られた井戸が現れた。木造りで、竹で編んだ蓋がかぶせてある。

二十人余りが、その井戸を囲んだ。

和田は、畑みゆきに向って、

「すぐ、六道珍皇寺に行け。向うの井戸に、白拍子が出てきたら、携帯で連絡してくれ」

と、いった。

翁と白拍子は、別人を使っての誤魔化《ごまか》しと疑われないためにと、白拍子の胸に、東京の新聞記者二人に黒マジックで、それぞれの新聞社のマークを書かせた。

午後八時。

大文字に点火されると同時に、白拍子は井戸の蓋を開けて、中に身体《からだ》を沈ませていった。

見物人の一人が、走って井戸をのぞき込もうとするのを、薬師寺の住職が押し止《とど》め、翁が蓋をかぶせてしまった。

和田は、じっと、井戸を見つめていた。

新聞記者たちも、黙って、見つめている。

白拍子が入ってしまった井戸は、物音一つしない。

しーんと、静まり返っている。

大文字の送り火は少しずつ火が広がっていき、巨大な大文字になった。

見物人の中から、拍手が起きた。

テレビでは、アナウンサーと大学教授が、五山の送り火の歴史を説明している。

このあと、他の四山の送り火にも、次々と火がつけられて、壮大な火の世界が、出現するのだ。

和田は、腕時計に眼をやった。

中年になってから、時間がたつのが早くなったことに、日頃はあせりを感じていたのだが、今夜はやたらに遅い。

それでも、時間はたち、大文字が、端から消えていく。

隣の妙法が明るくなる。

「終わりました」

と翁がいい、住職が井戸の蓋を取った。

じっと待っていた人々が、井戸に殺到し、中をのぞき込む。

誰かが、用意した懐中電灯をつけて、井戸の底を照らした。

「いないよ」

「消えたぞ」

「本当にいないぞ」

と、何人もの声が交錯する。

新聞記者の一人が、井戸に飛び込もうとするのを、住職が叱った。

「六道珍皇寺の方に、連絡した方が、いいんじゃないかな」

と、いった。

あわてて全員が、六道珍皇寺に走った仲間に連絡を取る。

和田の携帯も鳴って、畑みゆきから連絡が入った。

「今、あの白拍子が、井戸から出て来ました」

と、興奮した声を出す。

「間違いなく、あの白拍子です。胸に、マークが二つ描いてあります」

「何か、声明を出したか？」

「無事、あの世から戻ってきましたと、報告しました。あの声です」

「君は、佐伯のことを聞け！」

と、和田は、怒鳴った。

4

畑みゆきは、六道珍皇寺から出ようとする白拍子の腕を摑《つか》んだ。

「佐伯敬のことですけど」

と、いうと、白拍子は、ニッコリして、

「向うで、間違いなく、佐伯敬さんに、お会いしました。九月五日が、誕生日だそうですね。和田編集長の伝言を伝えたところ、こちらが楽しいので、誕生日までいたいというので、連れ戻れませんでした」

と、いった。

他の記者などが、みゆきを押しのけて、白拍子への質問を始めたので、彼女は少し離れて、和田に報告した。

「佐伯の誕生日は、九月五日だったかね？」

と、和田が、聞く。

「今、手帳で調べたら、間違いなく、九月五日でした」

「八月一杯に原稿を出して貰わないと、来月号に間に合わないんだ。佐伯は、それを、忘れたのかね」

「それは、わかりません」

「白拍子か翁役に、君が、佐伯の誕生日を教えた記憶はあるか？」

「全くありません。私自身、彼の誕生日を忘れていたくらいですから」

「参ったな」

と、和田は、呟《つぶや》いた。

自分でも、これからどうしていいか、わからなくなってしまったのだ。

白拍子の報告は、信じられない。今、あの世にいて、楽しいから、誕生日の九月五日まで、帰りたくないなどという話など、信じようがないのである。しかし、これ以外に、佐伯の情報は全く入ってこないのである。

だから、どうしていいか、わからなくなってしまうのだ。

翌十七日の新聞の社会面は、大文字の送り火を大きく扱っていた。写真も大きい。

そして、外から来た観光客の声。

「素晴らしい送り火を見られて嬉《うれ》しい」

「やはり、古都のお盆は、見応えがあり、自分のことのように嬉しかった」

「これこそ、本当のお盆だ」

「東京のお盆は、形式的だとわかった」

和田は、畑みゆきに市内の様子を調べてくるように指示しておいて、自分は、東山警察署に三浦警部を訪ねていった。

「捜索願ですが、一応、撤回させて頂きに来ました」

と、和田がいうと、三浦は、

「佐伯さんは、見つかったんですか」

「それが、見つかったような、見つからないような——」

大文字の送り火のときの様子を、そのまま、話した。

対して、三浦はニッコリして、

「じゃあ、佐伯さんは、無事見つかったんじゃありませんか。ホッとしましたよ」

「それ、違いますよ。あの世にいたなんて話、信じられますか？　嘘に決まってるじゃありませんか」

と、和田は、思わず声を荒らげた。

だが、三浦の笑顔は変わらなかった。

「能役者の白拍子は、薬師寺の井戸を使って冥府へ行って、佐伯さんに会ったと、いったんでしょう？」

「そうです」

「わざわざ、そんな嘘をつくと思いますか？」

「しかし、あの世へ行って来たなんて、信じられるわけないでしょう？」

「どうして、信じられないんですか？」

「どうして？　次元の違う問題でしょう」

「しかし、突きつめていけば、あなたが、今までにあの世を見たことがないから、ということなんでしょう？」

「そうかも知れませんが、信じられないのは今までに見たことがないからではなくて、死なずに、あの世、冥府に行ける筈がないからですよ」

「しかし、明日にでも、死なずに、冥府に行った人間が出てきたら、信じるんでしょう?」

「そんな人が出てくる筈がないでしょう?」

繰り返しになってきた。

(参ったな)

と、和田は、また呟く。

しかし、今度は少しばかり前とは違っている。

(京都人は不可解だ、という「参った」なのだ)

生きている人間が、あの世との間を自由に往来できる筈がない。これは、和田の常識であり、大げさにいえば、日本国民全員に通用する常識である。

少なくとも、和田はそう思っている。従って、生きている人間が、現世とあの世を往来するという話は、もともとフィクションとしてしか通用しないのである。

小野篁の話は、もちろんフィクションである。それが、日本国民全員の常識の筈である。

今回の特集号にしても、和田の本音は京都と京都人の持つ奇妙な自尊心を、ぶち壊してやろうというものだった。最近になって、「京都には、日本人と京都人がいる」という奇妙な特別意識というか特権意識を見ると、それを、叩《たた》き潰してやろうという使命感のようなものを、持つようになっていたのである。

それなのに、京都を取材し始めて、想像以上の京都人の特別意識に、疲れてしまった。それも、佐伯編集者を人質に取られて、フィクションを現実と認めろと強制されているような感じなのだ。

これは、京都人、あるいは京都の持つ特権意識なのか、それとも優しさなのだろうか。

疲れてホテルKに戻ると、畑みゆきは、先に帰っていた。

「町の様子は、どうだ?」

と、聞くと、みゆきは、

「五山の送り火が終わって、観光客は、どっと帰路についています。壮大なお盆の儀式を見て、満足してです。今、歴史ばやりだから、昔ながらの本物のお盆の儀式を見て、喜んでいるんです」

「そうだろうね。それで、肝心の京都人はどうしているんだ?」

「お盆は、まだ続くので、ラストは、しっかり間違いなくしようと、気持ちを引きしめようとしていますね」

「お盆の儀式は、まだ続くのか？　私は五山の送り火で終わりと思っているんだが」

これは、和田の本心だった。

「二十三日、二十四日と、地蔵盆《じぞうぼん》があって、それで、京都のお盆は終了するみたいです」

「地蔵盆というのは、どんな行事なんだ？」

「簡単にいえば、子供のためのお盆ということらしいのです。冥土における大人の守護が閻魔大王で、子供の守護が地蔵、正しくは、地蔵菩薩《ぼさつ》だそうです」

「京都では、大人のお盆と、子供のお盆を別にやるということか。送り火もか？」

「そうらしいです」

「何故、一緒にやらないんだ？」

「平安京の頃、京の町は、病や、天災や、戦争、あるいは飢餓などで、多くの人々が死んでいました。特に弱い子供の死亡が多かったといいます。その子供たちの霊を弔《とむら》うために、京の町々には地蔵が置かれました。それが地蔵菩薩です」

「確かに、京の町角には、お地蔵さまが置かれているね」

「小野篁は、京の町を守る役人でしたから、自ら地蔵菩薩六体を彫って、京の六ヶ町に置いたといわれます。地蔵が置かれた祠《ほこら》は、あの世への入口といわれているそうです。八月二十三、二十四日は、京都各町内に置かれたお地蔵さまで、子供を守るための地蔵盆が行われるそうで、これがお祭りになって、巨大な数珠《じゆず》を回す数珠回しで始まり、子供たちに、お菓子を配ったり、福引きをやったり、子供たちの夏休み最後の楽しみになっているそうです」

「小野篁も、それに加わっているというわけだな？」

「そうです。小野篁も、地蔵菩薩も、冥府と現世を自由に往来出来て、こちらは、井戸ではなく、各町内の地蔵の祠が、冥府への入口だそうです」

「薬師寺でも、何かあるんじゃないか？」

「八月二十四日の一日、薬師寺では送り火地蔵盆が行われるそうです。生御膳《なまごぜん》と呼ばれる南瓜《かぼちゃ》の舟に湯葉の帆を張り、七種の野菜をのせたものを、地蔵菩薩と、小野篁の像に供え、経木《きようぎ》を焚いて送り火をするそうです」

みゆきは、事情を書いてきたものを読むように、和田に説明した。

「八月二十四日の夕方、京都の町を歩いてみよう」

と、和田はいった。

それから和田とみゆきは、六道珍皇寺や薬師寺の関係者に再び会ったりしながら数日を過ごした。

和田は、八月二十四日の地蔵盆を何とか見たかったのだ。

それに、佐伯をこのままにしては、東京には戻れないとも、考えていた。

「佐伯さんは、もう、死んでいるんじゃないでしょうか」

と、みゆきが、いったりする。

「それは殺されたということかね？」

と、和田は、聞いた。

「彼は、今回、京都に取材に来て、古都京都の裏側を見てしまったんじゃないでしょうか？　華やかな歴史や、エピソード、例えば小野篁です。昼は朝廷で働き、夜は冥府で閻魔大王に仕える平安京の高級役人で、現世とあの世を自由に往来した。しかも、小野妹子を先祖に持ち、子孫には小野小町や小野道風がいる。古都を代表する文化人であり、英傑です。ところが、佐伯さんが京都に来て調べてみると、とんだ食わせ者だった。丁度、京都にお盆に来て、小野篁の名前が大きく扱われていたから調べやすかった。調べてみると、小野篁が、現世と冥府を自由に往来したというのも、真っ赤な嘘。閻魔大王に仕えたのもでたらめ。そんなことを全て書かれては、古都のイメージが傷つくし、何よりも観光客が来なくなって、経済的な損害が大きい。それで何者かが説得したが、佐伯さんが、いうことを聞かないので、口を封じてしまった。京都のためにです」

「しかし、それなら、何も無かったことにするだろう。その方が、簡単だし、安全だ。それなのに、小野篁を真似て、冥府に行ったとか、九月五日の誕生日に現世に戻ってくるとか、後始末が大変なことを約束している。それも、自信満々に見えるじゃないか」

と、和田が、いうと、みゆきは、反発するどころか、

「そうなんです」

と、肯《うなず》いてから、

「小野篁が、六道珍皇寺や、薬師寺の井戸を使って、あの世へ行ったり、現世に戻ってきたり、自在だったという話だって、普通なら、照れながら話しますよ。嘘だと思ってるから。それなのに、京都の人たちは真顔で話すんです。薬師寺の能舞台での翁と白拍子のやり取りだって、自信満々なんです。東京の記者さんの質問に答える時だって、そうなんです。自分たちが、現世と冥府を往来するのは当然という答え方です。そして、薬師寺の井戸から入って、六道珍皇寺の井戸へ抜けることを証明しました。どうやったかわかりませんけど、約束どおりのことを見せたのは、事実なんです」

「しかし、白拍子が、あの世へ行って、佐伯に会ったことは、証明されてはいないんだ」

「ええ。でも、あの世へ行って、佐伯さんに会わなかったとも、いい切れません。私たちには、それを証明できませんから」

みゆきの顔は、悲し気でもあり、嬉し気にも見えた。明らかに、京都へ来て、平常心で

ないことだけは、和田にも想像できた。

「ですから――」

と、みゆきが、いう。

「小野篁や、白拍子たち、いいえ、京都の町や京都人に対抗するには、佐伯さんが、口封じに殺されたと考えるよりないんです。そうでも考えないと彼らの話を信じるようになってしまいますから」

「それで、佐伯が生きて戻ってきたら、どうするんだ？」

「わかりません」

「あまり自信がないということか？」

「京都にいては、自信は、持てません」

「じゃあ、東京に帰るか？」

和田がきくと、さすがに、負けん気の強い女らしく、

「いいえ。京都にいて、確認したいと思います」

「現世と冥界の往復をか？」

「それを含めて、京都が魔界かどうかをです」

と、みゆきが、いう。

「明日は、八月二十三日だ」

と、和田が、いった。

「地蔵盆の一日目です」

「夜になったら、京都の町を歩いてみようじゃないか」

と、和田が、いった。

5

翌二十三日は、朝から小雨だった。

まだ夏の暑さが粘りついているので、寒くはない雨になった。

和田とみゆきは、帽子をかぶっただけで、傘もささずに、夜の京都の町に出た。

あの五山の送り火の喧騒《けんそう》は、消えていた。

雨のせいもあるだろうが、観光客の姿は、ほとんど見られない。

ホテルやマンションの屋上に集まっていた観光客、鴨川《かもがわ》の橋から五山の送り火に拍手を送り、カメラや、スマホを向けていた大群衆も、消えてしまった。

京都以外の日本各地からやって来ていた観光客、それに、外国から、日本の奇妙な風習を見に来ていた人々も、京都の誇る五山の送り火を見て、日本の本物のお盆、盂蘭盆《うらぼん》を見たと感動して帰ってしまったのだろう。

だが、京のお盆は、まだ続いている。

町内に置かれたお地蔵さまの近くの家や、急ごしらえの小屋に、子供たちが、集っていた。

子供たちは、例の数珠回しをしたり、町内会が用意したお菓子を食べたりしている。

送り火地蔵盆らしく、傍には、南瓜の舟が置かれている。帆は京都らしく湯葉で作られている。それに七種類の野菜のお供え物。

そして、明日の夜、各町内の地蔵盆で、経木が焚かれるという。

湯葉の帆を張った南瓜の舟は、幼くして死んだ子供たちの霊を、あの世へ送る精霊舟《しょうりょうぶね》なのだろう。

明日の夜は、薬師寺でも、送り火地蔵盆が行われるという。

ホテルのフロント係が、一つのニュースを、教えてくれた。

「今年の五月二十六日に、勘解由小路《かでのこうじ》町の小学校で十二人の生徒が、激しい食中毒にかかりましてね。どうやら、仲良しの十二人が、誰かの持ってきたお菓子を食べたが、それが何か病原菌に汚染されていたらしいのです。そのお菓子というのが東南アジアの小さな町で作られたものだったためか、病原菌の正体も、治療法もわからず、今も、十二人とも、入院中です。明日は送り火地蔵盆なので、誰かが冥府へ行って、閻魔さまに会い、十二人の誰かが送られてきたら、それは間違いだから、現世に返してくれるように頼むそうです」

「そんな話は、テレビや新聞のニュースにものっていないが、本当なの？」

「それでも、京都の人間は、みんな知っていますよ」

「冥府に行って閻魔さまに会うのは、誰なんだ？」

「薬師寺の井戸から入るそうですから」

「じゃあ、先日と同じあの白拍子か」

「ひとりでは閻魔さまの説得は大変なので、もう一人翁役の能役者が、付き添って行くそうです」

と、フロント係が、いう。

「あの白拍子は、賀茂家の子孫だといっていたが、翁の方は、普通の人じゃないの？」

と、和田は、聞いてみた。少しでも、こうした話に隙間を見つけたかったのだが、フロント係は、にっこりして、こういった。

「あの役者は、翁役を、何十年もやっているそうです。面をつければ死者、面を取れば現世の人間、それを何十年もやっているうちに、あの世にいるのか、現世にいるのか、わからなくなってきたそうです。そういう翁なら、一番ふさわしいだろうということになったと聞いています」

「――」

和田は、自然に黙ってしまった。

6

八月二十四日の当日。

今日も、続いて小雨である。

和田は、畑みゆきと夕方から、京の町に出た。

どの町内でも、送り火地蔵盆が始まっていた。

精霊舟がかざられ、経木が焚かれている。

途中で、みゆきに、続けて町中を歩いてみるようにといって、和田は嵯峨野の薬師寺に急いだ。

今日は、能舞台は、作られていない。

その代わりに本堂裏の井戸の周りには、十六日の夜と同じように、幕がめぐらされていた。

中では、三十人あまりの男女が、あの白拍子と翁役の能役者を囲んでいた。

和田は、彼等がすぐ何者かわかった。ホテルのフロント係がいっていた十二人の子供の親に違いない。

彼らは、白拍子と翁に向って、叫ぶでも、泣くでもなく、自分たちの子供の名前の短冊を、二人に向けてかざしている。

白拍子と翁は、その一枚一枚に書かれた名前を見つめ、覚えたというように、掌《てのひら》でなぜていく。

それは、何かの儀式のように見えた。

それが、終わるのを待って、和田が、声をかけた。

「冥府に行かれるのなら、お願いがある」

「わかっています」

と、白拍子が、いった。

「佐伯という人に、早く戻って来いと伝えて欲しいんでしょう」

「仕事があるので、九月五日まで待てない。だから、あなた方が説得して、すぐ帰ってくるように、いって下さい」

「わかりました。ただ、こちらにも、お願いがあります」

「どんなことですか？」

「八月十六日。あの日、私が冥府へ行ったことを、信じてはいないんでしょう。それでは佐伯さんを説得は出来ません」

と、白拍子がいう。

予想された言葉なので、和田も、考えていた言葉を口にした。

「最初は、疑っていましたが、今は、あなたが薬師寺のこの井戸で消えて、六道珍皇寺の井戸から帰ってきたので、信じるようになりました。お願いします。佐伯を説得して、帰るようにいって下さい」

「それでは、本当に信じているという証《あか》しを見せて下さい」

と、白拍子が、いった。

和田は、戸惑いながらも、後に引けぬ気持ちで、

「何をすればいいんですか？」

と、きいた。

「六道珍皇寺の前に、六道の辻という石碑が建っています」

「知っています」

「その横に、石碑でなくてもいいので、同じ大きさの木の札を立てて下さい。寺町《てらまち》に行けば戒名を書く板が売っています。それを買って来て、石碑の傍に立てて、それに、あなたの証しを書きつけて欲しいのです」

「何を書けばいいんですか？」

「そうですね。『私は京都に来て、陰陽道を信じるようになり、現世と冥府を自在に往来するのを見た。これは、まぎれもない事実である』と書き、署名して下さい。その木の碑が立ったら、喜んで、佐伯さんを連れて帰ります」

「しかし、今から、冥府へ行かれるんでしょう？」

「はい」

「私が、あなたにいわれた通りの碑を立てるかどうか、わかりますか？」

和田が、意地悪く聞くと、白拍子は、微笑した。

「私は、現世とあの世を往来できるのですよ。人の心くらい読めなくてどうします。碑を立てたら急いで薬師寺に来て下さい」

白拍子と翁は、三十人余りに見送られて、井戸に消えた。

和田は、タクシーを呼んで、寺町へ急いだ。

寺町には、仏具や、卒塔婆を売る店が多く、石碑や、木の碑の店もあった。

そこで、買い求めてから、

「これに、陰陽道の文字を入れて、六道の辻の石碑の横に立てたいんですが、許可されるだろうか？」

と、きいてみた。

「誰かに、頼まれたんですか？」

と、店の主人がきく。

和田は薬師寺で白拍子に頼まれたことを話した。

相手は、

「送り火地蔵盆に関係したことなら、市役所も、六道珍皇寺も許可してくれる筈です。私からも、市の方に話しておきますよ」

と、いってくれた。

和田は、急いで、ホテルに戻った。みゆきも帰っていた。

ホテルで、筆と墨を借り、木碑用の板に向った。

「私は京都に来て、陰陽道を信じるようになり、現世と冥府を自在に往来するのを見た。

これは、まぎれもない事実である」

　と、書いた。

　久しぶりに使う筆と墨だった。

　最後に、出版社の名前と雑誌名を書き、「編集長　和田文彦《ふみひこ》」と署名した。

「とうとう、編集長も信じるようになったんですか？」

　と、みゆきが、じっと和田を見つめる。

「今夜、薬師寺で、もう一度、あの白拍子と、翁が、井戸を使って、冥府に行くのを見た。その時、白拍子に頼んだんだよ。佐伯君を説得して、一刻も早く、現世に連れ戻してくれってね。そうしたら、白拍子が、この碑文を書いて、六道の辻の石碑の横に立てれば、佐伯を連れて帰るというんだ」

「それを信じたんですね？」

「半信半疑だが、佐伯君が消えてしまったからね。どんなことをしても佐伯君を見つけたいんだ」

　と、和田は、いった。

「でも、白拍子は、もう、冥府への入口の井戸に入ったんでしょう？　これから、この木の碑を立てに行っても、白拍子には、わからないんじゃありませんか？」

と、みゆきが、きく。

和田は、つい、笑ってしまった。

「私も、同じ質問を、白拍子にぶつけたよ。答えは、こうだった。私は、自在に現世とあの世を往来できるのです。あなたの心を読むことは簡単ですとね。すぐ、出かけよう。いつ、佐伯君が戻ってくるかわからないからね」

二人は、タクシーを呼んで貰い、書き上げた木の碑を持って、六道の辻に急いだ。

小雨は、まだ、降り続いている。

六道の辻の石碑の前で、タクシーをおりた。

地面を掘って、碑を立てるのは難しい。それがわかっていたので、ホテルで貰ったロープを使って、取りあえず、六道の辻の石碑に結びつけた。

そして、ふたたびタクシーに乗ると、薬師寺へ急いだ。

タクシーをおりて、ふっと、息を吐いた時、薬師寺から、黒い人影が、ゆっくり出てくるのが、見えた。

夜の暗さと、降り続く小雨で、人影は、ぼんやりしている。

それでも、

「佐伯だ」

と、和田は確信した。

その瞬間、和田の背筋を、強い戦慄《せんりつ》が走った。

第三章　京都・空の魔界

1

その時、警視庁捜査一課の十津川《とつがわ》は、帝国ホテルのロビーで中央新聞の田島《たじま》と話をしていた。

田島は十津川の大学時代の同窓である。田島は口角泡を飛ばす勢いでまくしたてた。

「今、京都は大変だよ。京都は現代都市になりつつあった。ただ、千年の歴史を持ちながらの現代化だったから、それが観光客に受けていた。外国人に受けたのも、その点だ。現代都市でありながら、どこかに千年の歴史を引きずっている。ところがここにきて、突然、千年前に戻り始めた。魔界と呼ばれていた千年前に急に戻り始めたんだ」

田島の言葉に、十津川は思わず笑ってしまった。

「そんな噂《うわさ》は聞いているが、全て観光客の思い込みだろう？　それとも観光宣伝じゃないのか」

「いや、そうじゃない。千二百年前、京都の御所《ごしょ》に仕える小野篁という官吏がいた。その官吏は昼は御所に仕え、夜は冥府に行って閻魔大王に仕えていたというので有名なんだ。架空の人間じゃない。立派に生きていた人間だ。歴史的な人物なのに、そんな奇妙な逸話を持っている面白い人物なんだが、今これと同じ様に突然冥府に行って、突然また帰って来る人間がいる。そんな現象が起きているらしい」

「それは私も聞いた事がある。あくまでも噂だよ。私が見た訳じゃない」

「それなら一度、京都へ行って現在の京都を直接見てみた方が良い。私はその内、京都へ取材に行ってみるつもりだ」

と、田島がいった。

その時、突然、

「失礼ですが」

と、声を掛けられた。男が二人、立っていた。中年の背広姿の、一見サラリーマンという感じの男たちである。

「何でしょうか？」

と、田島がきいた。

「突然で申し訳ないんですが、今、私たちはこのホテルの個室を借りて、討論会を始めようと思っています。少しばかり問題のある討論会なので、立会人が欲しいんですよ。もし、許して頂けるのならその立会人になって頂けませんか」

片方がいった。

十津川も、田島も、

「えっ?」

という表情になったが、さすがに田島の方は新聞記者だけに、

「面白い討論会なら立会人になりますよ。どんな討論会なんですか?」

と、きいた。

「京都に原爆が落ちなかったのはなぜか、という討論会です」

と、もう一人がいう。

「京都?」

と、田島が、十津川を見た。

「面白いねぇ。どんな人たちが集まっているんですか?」

「戦争中、アメリカ軍から原爆を落とされた町、それから落とされそうになった町。それ

らの町の代表者が集まっています。それからアメリカの、いわゆる『マンハッタン計画』について調べている大学准教授が司会をやる事になっています」

「面白い」

と、田島がいった。すでに立会人を引き受ける気になっているのだ。

「引き受けて頂けますか」

二人の内の一人がきいた。十津川には、戸惑いがあったが、田島の方は完全に乗り気で、

「やらせて貰いますよ。ただ、条件がある」

「何ですか？」

「実は私は新聞記者だから、面白かったら記事にするかもしれませんよ」

「それは構いません。ただ、私たちもどんな結論になるかわからないのです」

と、いってから、顔を見合わせて、

「お二人は京都の人間じゃないでしょうね？」

二人にきいてきた。

「私は東京の人間です」

と十津川が答え、田島が、

「私は東北の人間ですよ」

と、いった。

「それを信じましょう。こちらの方は新聞記者と聞きましたが、もう一人の方は何の仕事をされておられる方ですか？　まさか、原発の職員じゃないでしょうね。そうだとすると、特別な目で原子爆弾を見るかもしれませんからね」

「それは違います」

と、十津川は笑って、

「警視庁捜査一課の刑事です」

「刑事ですか」

相手は言葉を飲んだ。十津川は笑っていった。

「東京警視庁の刑事ですから、京都の事件は管轄が違います。京都にちょっかいは出せませんよ。安心して下さい」

「それなら是非、お二人に立会人になって頂きたい」

「途中で意見をいっても構いませんか？」

と、田島らしい質問をした。

相手は微笑した。

「それは大歓迎です。関係都市以外の人がどんな意見を持っているか、それも知りたいですから」

と、いった。

その後、案内されたのはホテルの三階にある個室である。そこに、十二、三人の人間が集まっていた。年齢はだいたい三十歳から四十歳。女性も二人いた。受付で胸に付けるバッジを渡される。十津川と田島が渡されたのは「立会人」のバッジだった。

見回すと、京都・広島・長崎・小倉などの都市名の名札を付けた者が二人ずついた。原爆に何らかの関係があった都市から、代表者が二人ずつ集まっているのだ。そして、アメリカでマンハッタン計画について研究してきたという、K大の准教授がまずマンハッタン計画について説明する。

2

十津川はもちろん、戦後生まれである。しかし原子爆弾の事はある程度知っているし、マンハッタン計画の名前も聞いた事がある。だが今、原子力といえば原子爆弾ではなくて原発である。マンハッタン計画という名前を聞いても、ほとんど現実感は無い。

それでも話を聞いている内に、自然に太平洋戦争の話だという事がわかっていった。

大河内《おおこうち》という大学准教授が話を続ける。

「マンハッタン計画というのは、元々日本を目的として作られた計画ではありません。対象はドイツでした。ドイツが原子爆弾の研究をしているのではないか。もし、こちらに先んじて原子爆弾を製造する事になったら、大変な事になる。そう考えた科学者たちが、中にはアインシュタインの名前もある訳ですが、心配して当時のアメリカ大統領ルーズヴェルトに進言した事でマンハッタン計画が動き出したのです。その計画の研究費は約二〇億ドル。大変な金額です。アメリカの科学者あるいは、ドイツから亡命してきた科学者たちが集まって、マンハッタン計画が動き出しました。

しかし、途中でドイツが原子爆弾の研究をしていない事がわかりました。それでもマンハッタン計画は止まらなかったんです。科学、特に戦争に絡んだ科学の研究は始まった途端にもう誰も止められなくなります。ドイツが原子爆弾の研究・製造を計画していない事がわかったのに、アメリカの研究はどんどん進行していきました。

一九四五年（昭和二〇年）四月二十五日に、マンハッタン計画の主導者であるアメリカ陸軍長官のスティムソンと、現場責任者である軍人のグローヴスの二人が、アメリカ大統領のトルーマンに報告しました。それも、秘密を守る為に二人はホワイトハウスの秘密通路から入って大統領に会い、『恐らく四か月以内に我々は、一発で一つの都市を完全に破壊する事の出来る、人類史上最も恐ろしい武器を手にする事が出来ます』と報告したのです。

これが、原子爆弾の存在が正式に口にされた最初の出来事になっています。もう引き返せない所まで来てしまっていたのです。その事にスティムソンもグローヴスも、気が付いてはいなかった。ついに、原子爆弾を完成する事が出来た。その喜びを、直接トルーマン大統領に伝えたかったのでしょう。

それでも、スティムソンの方が政治家らしく、原爆についてこう考えていました。間もなくアメリカは原子爆弾を持とうとしている。しかし、数年以内に他の国も原爆を持つようになるだろう。その国は恐らくソビエトだろう。その時には原爆の国際管理が必要だろうと。

さすがにスティムソンは政治的に見ていた訳ですが、直接の管理者である軍人のグローヴスの方は、もっと即物的にこの恐るべき武器について考えていた。彼はこの時、大統領に原爆の設計図を提出しています。このグローヴスの報告書には原爆開発の詳細な具体図が書いてあったといわれています。一発目のガンバレル型の原爆は、一九四五年（昭和二〇年）八月一日には完成する。二発目のインプロージョン型は四月の初めには実験用として出来上がる、と書かれていた。実質的にこの時、原子爆弾はこの世に出現したといってもいいかもしれません。つまり、現代戦の形が出来上がったのです。
そこでトルーマン大統領は使用についての調整機関を作る事にしました。大統領としては当然の決定です。ところが、トルーマン大統領の知らない内に、すでにマンハッタン計画の当事者、現場責任者のグローヴスは、日本に対して使う事を決め、目標都市を決めるための目標検討委員会を作っていた訳です。もちろんその目的は、日本を降伏させることです。そして、五月十日と十一日に、委員会は日本のどこに使うかを決めました。それがこの都市です」
大河内は黒板に都市の名前を大きく書いて見せた。

横浜　小倉　京都　広島
（準候補として新潟）

「これらの都市に決定した訳です。五月二八日には、その順番も決まりました。京都、広島、新潟の順で原爆を落としていく事も、目標検討委員会は設定した訳です。これは、現場責任者であるグローヴスが中心になって決めたのですが、最高責任者のスティムソンはそれをのちに知って驚き、京都に原爆を落とす事に反対しました。彼は政治家ですから、反対の理由も政治的なものです。日本の最も古い都、京都は日本人全部が知っている。そこに原爆を落として破壊してしまったら、永久に日本人に恨まれるだろう。それは政治的にまずい。そう思って反対した訳ですが、生粋《きっすい》の軍人であるグローヴスは頑として京都を標的にしようとしました。空軍の司令官アーノルドも、グローヴスの肩を持ちました。軍人はみんな、京都に原爆を落とした方が効果的だと判断する訳です。

困ってしまったスティムソンは大統領のトルーマンに訴えました。京都に原爆を落とす事は政治的にまずいと考えて訴えたのですが、さすがにトルーマンも政治家ですからスティムソンの肩を持って京都を目標から除外するように、グローヴスに命令しました。しかし、これで簡単に目標から京都の名前が消えた訳ではありません。ここで注目しなければいけない事は、スティムソンもトルーマン大統領も、京都を原爆投下の目標にする事には反対しましたが、他の都市に対する原爆の使用については反対しなかったという事です」

「質問」

と、突然、京都のバッジを付けた男が手を上げた。

「つまり、スティムソンもトルーマンも、人道的な立場から京都を目標にする事に反対したのではなくて、政治的な配慮から反対したのであって、他の都市、つまり日本に対して原爆を使用する事には何のためらいも持たなかった。そういう事ですね。それを確認したいのです」

「その通りです。トルーマンもスティムソンも原爆を日本に対して使用することに関しては、何のためらいも持っていませんでした」

と、大河内が、続けた。

「一九四五年五月の初旬に、イタリアに続いてドイツが降伏しました。ヒットラーも自殺しています。アメリカから見て敵は日本だけになったのです。この時に日本は降伏すべきでした。こうしたチャンスは後にも何回か訪れるんですが、日本は頑として降伏しませんでした。その事が、結果的には広島、長崎に対する原爆の投下に繋がってしまう訳です。ドイツが降伏した時、日本の内閣総理大臣は鈴木貫太郎《すずきかんたろう》です。鈴木内閣は戦争継続を明言しました。その主張はこういうものです」

日本の戦争目的は、新しい大東亜の建設であり、大きくは世界の新秩序の建設である。従って、ドイツが降伏しようと、日本の戦争目的には、今後も変化はない。

「これが、鈴木首相の、日本政府の主張でした。無条件降伏に応じられるかということですが、閣僚の中で、ただ一人、これは、『日本の降伏』ではなく、『日本軍の降伏』を要求しているのだと気付いたのは、東郷《とうごう》外務大臣でした。これならば、皇室の安泰を約束の上で、降伏する事が出来るかも知れない。東郷外相は、そう考えて、最高戦争指導会議を提案しました。

最高戦争指導会議で、東郷外相が提案したのは、和平だった。東郷と、米内《よない》海軍大臣は、日本の敗北は決定的であり、今後の戦局が日本に有利に展開するとは考えにくい。そこで、いかにして、和平に持っていくか考えていたのだった。しかし、阿南《あなみ》陸軍大臣の考えは、二人とは全く違っていました。彼はこう、考えていました。確かに戦局は不利である。しかし、日本の本土で戦争は、まだ始まっていない。二百万の軍隊が本土には健在である。本土決戦になれば勝てる可能性もある。したがって今は、和平を考える時ではない。それが、阿南陸軍大臣の主張でしたが、心配なのはソ連です。当時ソ連とは戦争状態にはなっていませんでしたが、もしソ連が攻撃して来たら日本は前後を敵に挟まれることになり危うい。とにかくソ連をなだめて日本と戦争をしないようにしていれば、アメリカとの本土決戦でひょっとすると勝てるかもしれない。それが阿南の考え方で最高戦争指導会議でそれを、主張したのです。

日本海軍はほとんど、壊滅していましたが、日本陸軍は本土では健在でした。会議の方向は東郷の望む方向には行きませんでした。それでも東郷外務大臣と米内海軍大臣は意見が一致しました。

一方、原爆の完成が近付くにつれて、アメリカ政府の戦争方針も変わって来ました。それまでアメリカは、ソ連の対日参戦に積極的でした。特にマッカーサーは、ソ連が参戦してくれればアメリカの兵士の損害を少なくする事が出来るし、対日戦争も終わる。そう考えていたのですが、原爆が完成すれば、ソ連の参戦の必要はなくなると考えるようになったのです。もしソ連が参戦すれば、多くの要求を突き付けて来るに違いない。今のところ、樺太《からふと》、満州《まんしゅう》の権益など参戦の代償として要求して来ているが、その内に北海道も寄越《よこ》せといってくるかもしれない。トルーマンは、ソ連のスターリンにいつ頃ソ連は日本に対して参戦できるのかと電話で確認しました。それに対してスターリンは答えました。八月八日までには準備が出来る。その後日本に対して参戦する。つまり、一番早ければ八月九日には参戦するという訳です。その頃、すでに、ソ連の参戦の必要はない、むしろ邪魔になると考えていたアメリカ政府、トルーマン大統領はソ連が参戦するまでに原爆を完成させ、それを日本に対して使用し、日本を降伏させてしまう、そういう考えに変わっていった訳です。原爆が、アメリカの政策を変えた訳です。一方、ソ連の方もスパイを使って、アメリカが原爆の製造に拍車をかけている、八月ぐらいには完成すると読んでいたわけですから、何としてでもそれまでに日本に対して参戦したい。そうしなければ、莫大《ばくだい》な利益を手にする事は出来ないのです。そこで、ドイツが降伏した翌日から対独戦争に使っていた膨大な武器を急遽《きゅうきょ》シベリア鉄道を使って極東、つまり満州との国境へ移動し始めました。この事はアメリカにも日本にもわかってしまいます。アメリカはそれを重要視して、一刻も早く、原爆を完成しようとしました。日本の武官たちもその事に気付いていて、本国日本に、知らせています。

しかし、なぜか、日本の軍部はそれを重要視しませんでした。日本とソビエトの間には日ソ中立条約が結ばれている。それを破ってまで日本を攻撃しては来ないだろうと楽観したのです。それどころか、日本の政府は中立を守っているソ連に和平交渉を依頼することにしたのです。これは完全に日本のミスでした。つまりソ連に足元を見られる事になった訳です。スターリンは、日本が和平を望んでいる。一九四五年の十二月まで日本は、もたないのではないか。このまま行けばアメリカに降伏してしまう。それまでに参戦する必要がある、と考えた訳です。そうなると、尚更《なおさら》アメリカとすれば、原爆の完成を急ぐ事となりました。原爆と日本の降伏と、ソ連の参戦と三つどもえになっているのですが、日本政府はそれに気付かなかったため、原爆を投下されてしまうのです」

そこで、大河内准教授は一息ついて水を口に運んだ。

更に、話を続ける。

「ソビエトのスターリンも、アメリカのトルーマンも、急いでいたのです。特にスターリンは、日本が降伏する前に参戦しなければ、莫大な利益を手にする事が出来ない。そこで兵士と兵器の極東への移送を急がせました。百万人を超える兵士に戦車、兵器を一万キロ先の極東まで運ばせなければならない。それもなるべく日本に、知られない様にしたいので夜間に運ぶ訳です。一日二〇本から三〇本の列車が極東に向って走り続けました。参戦するまでに極東のソ連軍は四〇個師団から倍の八〇個師団に増やす必要がありました。それをスターリンは何が何でも、実現しようとしたのです。それが完成した時に、日本に宣戦布告し参戦する。これはアメリカのトルーマンにも通知済みでした。事は順調に進んでいました。ただ一つ、スターリンが心配だったのは、それまでに日本が降伏してしまう事です。

ところが、心配はなくなりました。日本がアメリカとの和平交渉を事もあろうに、スターリンに、頼んで来たからです。スターリンはいつ日本が降伏するのかわかってしまうのです。そのうえ、スターリンは日本の降伏を一日でも引き延ばそうとして、和平を依頼してきた日本の大使に向って、アメリカの対日要求が厳しい事を告げるのです。無条件降伏で天皇制の存続は認めていない。それがアメリカの要求だと話せば、日本は絶対に降伏せずに戦争を継続するだろうと、スターリンにはわかっていたのです。

その一方で、トルーマンは、原爆を一刻も早く完成してソ連が参戦する前に使用し、日本の降伏に持って行こうと焦っていました。そうした世界情勢の中に原爆もあったのですが、緊迫した世界情勢に日本は全く気付かなかった。そして最高戦争指導会議を開いても、陸軍大臣の阿南だけが元気が良くて、とにかく本土決戦だ、和平などとんでもないと叫び、会議を牛耳《ぎゅうじ》っていたのです。

戦後になってから原爆は、悪魔の武器であり人道上問題だという事が論じられる様になりましたが、戦争中のアメリカ政府あるいはアメリカの軍部にとって、原爆はただ単にソ連が参戦する前に使用し、戦争を終わらせ、ソ連を黙らせる武器でしかなかったのです。当時のアメリカ政府高官の日記には、次のような事が書かれています」

私は原爆投下の後に日本が降伏すると信じている。そうなれば、ソ連は戦争に参加する事が出来なくなり、中国に対する権利も主張出来なくなると期待している。

「中国に対する権利というのは、満州における権益です。アメリカ政府全体がソ連の参戦前に何としてでも原爆を使う事を考え、期待していた訳です。そして、七月十六日に原爆の実験が成功します。実験に立ち会ったグローヴスは興奮し、その模様を、最高責任者スティムソンに報告しています」

　歴史上初めての核兵器の爆発が起こった。それは、何という爆発だったことか。実験は我々の予想を遥《はる》かに超えて成功であった。その時に放出されたエネルギーは、TNT火薬一〇キロトンか二〇キロトンで直下の鉄骨の塔は一瞬にして気化してしまった。

「グローヴスはこう報告書に書いたのです。つまり、その時から日本に対する原爆の投下は実際的なものになった訳です。この時、政治家のスティムソンは、ワシントンにいました。原爆が完成し、それを日本に対して使うのが可能になった事に、トルーマンと共に喜んでいたのです。ただし、目標から京都は除外されている。そのことも確信していた。ところが、現場のグローヴスから次のような文書が送られてきて、スティムソンは驚愕《きょうがく》するのです」

　貴下の軍事アドバイザーたちは、貴下のお気に入りのあの都市、京都を好み、その準備をしています。そしてもし、パイロットが現地の条件にかんがみ、四都市の中からこの都市を選ぶならば、この都市を選択する自由を与えられるべきであると考えています。

「つまり現場責任者あるいは軍の関係者は、その時も京都を標的にする事をあきらめていなかった訳です。この事は覚えておく必要があります。スティムソンは慌てて、京都を除外する事を改めて最高責任者のトルーマン大統領に確認します。スティムソンに向って彼の腹心のハリソンは、こう電報を打っています」

我々は原爆投下作戦が八月一日以降、何時《いつ》でも出来ると考えている。

「その時、スティムソンはハリソンに向って京都は除外する事を念押ししています。七月二十五日、原爆投下目標都市のリストが正式に決まりました。広島、小倉、新潟の順に標的が決まったのです。スティムソンは、最高責任者の権威がこれを決めたとしていますから、トルーマン大統領が決めた事になってきます。この時京都は除外され、広島への原爆投下が決まったのです」

3

大河内の説明に対して、広島のバッジを付けた参加者が次のようにいい換えた。

「つまり、広島は京都の身代わりになった訳ですね」

それに対して大河内は、

「そういういい方も出来るかも知れません」

と、いったが、京都の代表が、それをいい換えて、

「そうなんです。その時でさえ、アメリカの軍部は、京都に落としたかったんですよ。ところがスティムソンという最高責任者が大統領に懇願して、京都を除外した。だから、ナンバーワンの目標が広島になったんです」

といったのに対して大河内が、

「この時のスティムソンは、京都の代表がいったように、京都の古い文化を守ろうとする気持ちだけから、京都に反対した訳ではありません。これは、彼の日記にはっきりと出ています」

もし京都が除外されなければ、このような無慈悲な行為が、日本人に強い遺恨の念を植え付け、その結果、我々よりもソ連になびく可能性があり、占領政策を不可能にする懸念があると、トルーマンに述べたところ、彼はそれに強く賛同した。

「また、スティムソンは、こうも書いています」

京都を除外する事によって、ソ連が満州に侵攻した場合に、日本がアメリカになびく事を確かなものにすることが出来る。

「アメリカは、イギリス、中国と三国共同でポツダム宣言を発表しました。ソ連は参加していません。ソ連はまだ日本に対して参戦していない。そのため、ポツダム宣言に参加する事が、出来なかったのです。当然ですよ。戦後にわかった事ですが、スターリンは、この時、トルーマンに対してポツダム宣言に参加させるように懇望したそうで、トルーマンは、ソ連が日本に対して参戦していない事を理由にして、拒否したといいます。そう考えるとこのポツダム宣言は、明らかにソ連が参戦する前に原爆を使い、日本を降伏させようとする決意が、はっきり見えます。トルーマンはすでに、ソ連を除外した戦後を考えていた訳です。

　七月二十六日のポツダム宣言の時も、同じく日本が降伏するチャンスでした。この時に降伏していれば、日本は原爆を、落とされる事もなく、戦争を終わらせる事が出来たのですが、日本政府はポツダム宣言に対して、それを日本国の無条件降伏だと考えて、拒否しました。日本軍隊の無条件降伏であって、日本国民の無条件降伏ではない事に気付かなかったのです。鈴木総理大臣は黙殺すると声明しました。外国には拒絶と見なされました。日本政府の拒絶はトルーマンにとっては意外ではあったでしょうが、一面、幸いでもありました。その時ソ連の参戦は八月十一日と読んでいたからです。ポツダム宣言が七月二十六日、それを日本政府は拒否した訳ですから、ソ連の参戦前に原爆を使う事が可能になったのです。日本の拒否に対して仕方なく原爆を使うという理由が出来たからです。そして八月六日未明、原爆一発を積んだB29エノラ・ゲイがテニアンを出発したのです」

　その時広島の代表が確認するようにいった。

「つまり、その日に、本来ならば京都に落とされる原爆が、広島に落とされた訳ですね？広島が狙われることになった訳です」

　と、繰り返した。

「ここで一つ確認したい事があるのですよ」

と、大河内が続けた。

「ワシントンでは八月五日、日本時間では八月六日。午前八時一五分。原爆『リトルボーイ』が広島に投下されました。リトルボーイは標的の太田川《おおたがわ》を跨《また》ぐ相生橋《あいおいばし》から五六〇フィート外れて、島《しま》病院の一九〇〇フィート上空で爆発しました。その威力は一万二五〇〇トンのTNTと同等の威力を発揮しました。爆発点の温度は五四〇〇度に達し、爆心地の半マイル円内は、灼熱《しやくねつ》の地獄と化しました」

ここで新聞記者の田島が、

「質問しても宜《よろ》しいですか？」

と聞き、許されると次の様な質問をした。

「この原爆投下に対して、アメリカの政府要人の中にさえ反対の人がいた。決定を下したトルーマン大統領も、これは苦渋の決断であった、そして、原爆で亡くなった人々に対して哀悼の意を表したと伝えられていますが、これは本当ですか？」

それに対して、大河内准教授は、

「全くの嘘です」

と、いって笑った。

「最初の原爆が広島に投下された時、トルーマン大統領は、大西洋上の巡洋艦に乗っていました。その巡洋艦で昼食をとっている時に、配属されている海軍大佐から原子爆弾が広島に投下され、成功したという報告を受け、飛び上がって喜んだと伝えられています。同じ艦に乗っていた友人に向って、トルーマンが、その事を伝えると、彼もよしよしと肯《うなず》いたというのです。戦後になって、トルーマンが、原爆の投下について苦渋の決断だったとか、深い悲しみを感じたとか被害者に対して、哀悼の意を表したとかいうのは、全て嘘です。彼は飛び上がって喜び、これで日本は降伏するだろう。そうすれば前線にいる二十五万人の兵士が死ぬ事もなくなった。兵士たちは、笑顔で国に帰れる。また、広島では何万人が死んだのか、と聞かれたトルーマンは、広島の人口は六万人だが、二十五万人の損害を考えれば少ない被害で済んだから良かったとも、いっているのです。これを見て驚くのは、トルーマンは広島への原爆投下を決定しながら、三十五万人だった広島の人口を六万人だと思っていた事です。そのうえトルーマンたちは、日本が、ポツダム宣言を拒否したから、仕方なく広島に原爆を落としたと言明していますが、ポツダム宣言を出したのが七月二十六日であり、その前日の二十五日に広島への原爆投下を決定していますから、このポツダム宣言の拒否を理由にして、原爆投下を正当化しようとするのは明らかに間違いですね」

大河内は、さらに、メモを見ながら話を続けた。

「三日後の八月九日、二発目の原子爆弾が長崎に投下されます。この時には、最初の目標は長崎ではなくて小倉でした。一発目とは違った種類の爆弾で、それを積んだ機長は自分の機の名前を『ボックスカー』と呼びました。しかし、目標地点の小倉は曇っていて視界がはっきりしなかった。当時、原爆の投下についてはレーダーによる監視ではなく、目視による爆撃が命ぜられており、小倉はうっすら曇っていたので、急遽長崎に変更されたといわれています。

広島に投下した時の機長は、自分の飛行機に母の名のエノラ・ゲイを付けました。そのうえ出発する時に記念写真を撮っているのです。原爆に関係した軍人たちはやむを得ず原爆を投下した訳ではありません。皆、喜んで投下しているんです。記念写真を撮り、自分が原爆を積んだ飛行機を操縦する事に誇りを持っているのです。

長崎でも、長崎の町が灰燼《かいじん》に帰して、十万にも上る死者を出しています。広島と合わせれば二十万。その後後遺症で次々に亡くなっていますから、最終的には三十万以上にもなるでしょう。トルーマン大統領の弁明は、アメリカ兵二十五万人の命を助けたんだから良いだろうという事ですが、しかし広島・長崎で三十万以上の人が死んでいるんですから、この数字はどう考えても正当な数字にはなりません」

「どうして長崎だったんですかね？」

長崎のバッジを付けた男が大きな声を出した。

「長崎が選ばれた理由がわかりませんね。今の大河内先生のお話によれば最初京都が第一目標だった。

しかしスティムソンが大統領に進言して、変更しました。理由はこれまで、京都は歴史ある町であり、文化財の宝庫である、それを灰燼《かいじん》に帰するのはよくないから、日本の文化を守る為に京都を標的から除いたといわれていましたが、先生が調べた結果では、京都の様な歴史ある町を攻撃したのでは、後になって日本人に恨まれてしまう、そうなると、戦略的に不利になるから京都を標的から除外したのが事実だといわれた。

それなら私の町、長崎は、どうなんですかね？　確かに京都に比べれば歴史は短いかもしれないし、文化財も少ないかもしれません。しかし、キリシタンの町ですよ。歴史的に見ても明治維新は長崎から始まったといわれています。長崎には出島《でじま》があった。そこでポルトガルやスペインの商人が集まり、それに薩摩《さつま》や長 州《ちょうしゅう》あるいは土佐《とさ》の坂本龍馬《さかもとりょうま》たちが、外国の商人たちから武器を買い込んで明治維新は成功した訳でしょう。そして何よりも、四百年にわたるキリシタンの歴史があります。長崎にやって来た宣教師たちの教えに感銘して、日本にキリシタンが生まれたんです。

そうした歴史があるのに、なぜアメリカは長崎を原爆の標的に選んだのか。京都を除外するならば、当然長崎だって除外すべきでしょう。たとえが間違っているかもしれませんが、イギリスがアメリカを攻撃したようなものですよ。イギリス軍が原爆を作って、新天地で新教徒の人々が作ったアメリカを攻撃するようなものじゃありませんか。これはどう考えたっておかしいと思います。なぜ、京都をやめて長崎を選んだのか。それが、わかりません」

「私もそれが不思議でした。長崎は第一目標ではなかった、第一目標は小倉だった、小倉の天候が悪かったので長崎に変更した。何故そうなったのか、その事が気になって今回、アメリカへ行って調べて来ました」

と、大河内がいった。

「わかったのは、小倉でなければ、長崎でも良かった、当時のアメリカはそういう考えを持っていたということです。他にも候補地として横浜、新潟等を設定しています。アメリカ特に軍部としては百万都市、そして、今まで爆撃を受けていなかった町、それならば原爆目標としてどの町でも、良かった訳ですよ。最初に京都の方が、『京都を外したのは京都の文化や歴史を考えての事というのは間違いじゃないか』といわれましたが、確かにその通りです。今、長崎の方がなぜ長崎を狙ったのかと、怒っていらっしゃいましたが、長崎の天候が悪ければ、他の都市になっていたと思いますね。どこでも構わなかった訳ですから。

それよりも、なぜ八月九日に二回目の原爆投下をスティムソンやトルーマンが命じたのか。それがわからないのですよ。八月六日に一発目を広島に落としています。それで一〇万人以上の人間が死んだのです。そこで、次の原爆投下をどうして止《や》めなかったのか。八月九日にはソ連が参戦しているのです。満州国との国境を突破し、何十万というソ連兵が、戦車が、飛行機が殺到してきた訳です。それを知っていながら、なぜアメリカは二発目の原爆を日本に落としたのか。ソ連が参戦すれば、日本は間違いなく戦争を止めます。それくらいの事はわかっていた筈です。それなのになぜ二回目の原爆投下を止めなかったのか。その方が、私には不思議でならないのですよ」

「長崎への原爆は、ソ連が満州に攻め込んで来る前に決めたんじゃありませんか。アメリカが長崎に原爆を落とした後、ソ連が攻め込んで来たという事じゃないんですか？」

と、長崎の男がきく。

「第一回の原爆ですが、日本の政府はこたえていたんですかね？　それとも全く平気だったんですかね？」

「もちろん、ショックを受けていました。東郷外務大臣は、この件について天皇に報告しています。それを受けた天皇は、こんな武器まで使用されるようになったのなら、これ以上戦争はむりだから和平を考えるように、という言葉を口にしています。ただ、鈴木内閣としては、陸軍大臣がとにかく本土決戦までやるんだといっていますから、原爆が落ちたので和平にもっていく、と簡単にはいえなかったでしょうが」

「第一回の原爆が、日本政府に衝撃を与えていた事を、アメリカは、知っていたんですか？」

「それは知っていた筈ですよ。何しろアメリカはマジックと称して、日本の暗号を全部解読していましたからね。日本政府や軍部が原爆に対して様々な発信をする。それを全て傍受していたんじゃないかと思いますから」

「それなのに、アメリカは二発目の原爆を投下しましたね。小倉に落とすべき予定を、天候が悪かったからと、長崎に落とした。ソ連が日本に対して戦争を仕掛けていた事を知りながらわざわざ落とした訳でしょう？　なぜそんな事をしたんですかね。小倉に落とさなかったんなら、止めて帰ればいいじゃないですか」

田島が強い口調でいった。それに大河内准教授が答える。

「戦争になると、特に軍人は、一回決めた事を変更しないんですよ。B29に積んでいたのが原爆ですからね。それを抱えたまま基地に戻れば危険だ、という事を考えての投下じゃありませんか？　ただ、なぜ小倉が助かったのかは今もわかりません。雲があったからというのは、あまりにも偶然すぎて」

大河内のその疑問に対して小倉代表が答えた。

「実は小倉では、なぜ小倉に、原爆が落ちなかったのか、理由はわかっているんです」

それに、敏感に反応したのは長崎代表だった。

「それを是非、教えてくれませんか？　もし実行可能な方法だったのなら、今後また戦争でもあったら、原爆が落ちないようにしますから」

と、いった。

「簡単な事です。しかし、原爆にも効果があったとは思っていなかった。それで今までなぜ小倉に原爆が落ちなかったのか、わからなかったのです。それは、小倉が工業地帯で煙突が何本も立ち、毎日煙突から煙を出していたからです」

「えっ？」

というような声が、長崎の代表の口から漏れた。小倉が、説明する。

「なぜ小倉に原爆が落ちなかったのか、それについて、平成二六年に新聞社が調べたんです。その結果が出ました。ただ単に工場の煙突から煙が出ていただけでは、ありません。新聞社の調べたところによると、八幡《やはた》製鉄所の職員が戦争中、空襲警報があると黒煙を空に上げて煙幕を張っていたというのです。その頃、戦争末期ですが、製鉄所の敷地内にある製缶工場では、空襲に備えて煙幕装置を作っていました。ドラム缶を半分に輪切りにし、コールタールをそこに入れた簡単な装置です。コールタールはご存知の様にコークス製造の際に出来る副産物で、燃やすと大量の黒煙が発生します。八月九日にも製鉄所の職員が、幾つものドラム缶に入ったコールタールに着火。上空に煙幕が張れたことを確認してから防空壕《ごう》へ逃げています。アメリカの機長は、長崎に変更した理由は小倉上空に靄《もや》と煙があって目標が見えなかった、それで目標を長崎に変えたといっていますが、もちろん証拠はありません。しかし小倉としては、こうした努力が小倉を救ったものと考えています」

「それは違うと思うな」

といったのは、小倉や長崎の代表ではなくて京都のバッジを付けた男だった。

「どう、違うんですか？」

と、いう長崎の質問に対して、京都が続けて答えた。

「最初から、投下目標は、長崎だったんですよ。京都と同じです。政治家は時々、前言を翻《ひるがえ》しても平気だが、軍人は一度決めたら訂正しないんでしょう。つまり、軍人たちは、長崎と決めていたから、何としてでも、長崎に投下したかったんです。小倉の空が曇っていたから、長崎にしたというのは、嘘ですよ。上空が煙で覆われていたからといって、投下を諦める軍人がいる筈がありません」

「しかし、米軍は、原爆投下については、レーダーによる投下ではなく、目視爆撃と決めていました。目で確認しての投下です。それなら、小倉の上空が曇っていたから長崎に変更したことも、十分に考えられるんじゃありませんか？」

「パンプキンがありますよ」

と京都が、反撃した。

「アメリカ空軍が、原爆投下の前に、模擬爆弾を使って、訓練を繰り返していたことは、よく知られています。その模擬爆弾がパンプキンです。実物の原子爆弾と全く重量の同じ模擬爆弾を使って、繰り返し訓練をしているのです。その模擬爆弾の色と形がカボチャに似ていることから、パンプキンと呼ばれました。アメリカは、このパンプキンを使い、実際に、日本本土の上空で、原爆投下の訓練をしていたのです。目標の都市に向う空路を設定し一機あるいは二、三機のＢ29で、その空路を進み、目標の近くでパンプキンを投下する。その日の風向き、風速などで、目標に命中するかどうかの確認を慎重に繰り返したわけです。これはパイロットたちの訓練のためだと思われますが、各都市に対する侵入空路上に投下されたパンプキンの数の多さを調べれば、本当に狙われていた都市が、わかる筈です。多分、小倉に向う空路上よりも、長崎に向う空路上に投下されたパンプキンの方が数が多い筈です」

京都の男は、一息ついてから、強引に自説に持っていった。

「京都は、一度も原爆を投下されませんでした。結果的に、そうであっても、実際に狙われなかったのか、実際には狙ったが投下できなかったのかということとは、別です。そこで今の長崎問題にならって、パンプキンについて調べてみたいと思うのです。ここに、日本西部におけるアメリカの爆撃機の侵入空路が描かれている空路図があります。太平洋上から侵入し、大阪、京都の上空を通過したあと、浜松を経て、日本本土を離れて帰還する空路です。この空路を、B29が少数で、何回も飛んでいます。しかし、大阪は、最初から原爆の目標には、なっていません。もう一つの京都は、最初、目標にされながら、スティムソンたちの要請で、除外されました。五月と七月の二回にわたってです。それなら、この空路を使っての京都への原爆投下の訓練も、行われなかった筈です。その確認は、パンプキンが何個投下されたかでわかりますが調べた結果、この空路を使い、京都近くで投下された多数のパンプキンが見つかっているのです。アメリカの軍部は、執拗《しつよう》に、京都を狙っていたのです」

「しかし、結果的に京都には、原爆が落ちなかった。そして、終戦になってしまった。こう見てみると、京都に原爆が落ちる筈だったという君の話は、嘘としか思えない。少くとも証明できないよ」

と、横浜の男が、いった。

「三発目があったんですよ」

と、京都が、いった。

「しかし、二発で、戦争は、終わってしまっていますよ」

と、横浜が、いい、

「三発目が、完成していたという話は聞いたことがありますが、あれは本当なんですか？」

と、小倉が、首をかしげ、京都は、

「事実ですよ。大河内先生。そうですよね」

と、大河内を見た。

「確かに、三発目の原爆が用意されていたことは間違いありません。戦後になってトルーマン大統領が、『私は二発で原爆は止めるように指示した』といっていますが、これは嘘ですね。三発目がテニアンにあって、昭和二〇年八月十五日、アメリカ時間では前日の十四日になるんですが、この時にB29に積み込まれていたということはわかっています。ただ、その日の正午に天皇の言葉があって、日本が降伏したので三発目の原爆を積んだB29は、テニアンから出発していません」

「行先は？　目標は京都だったんじゃありませんか」

「トルーマン大統領自身が三発目を落とすつもりは無いといっているので、三発目の目標が何処だったかははっきりしていません」

と、大河内がいった。それに対して京都代表がいった。

「京都の八月十四日ですが、B29が飛来して大量のパンフレットをまるで、吹雪のように、京都中にバラまいていったんですよ。そのパンフレットを何とか手に入れました。これがそのパンフレットです」

京都代表は、黄ばんだパンフレットを、皆に見せた。

もし日本が、八月十五日までに、シカとした回答をしなければ、かわいそうだが、京都に原子爆弾を落とすから覚悟せよ
そんな言葉が、並んでいた。何しろ、戦争中の敵の宣伝パンフレットである。

「これを見て、当時の京都市民は、狼狽《ろうばい》したそうです。原爆の恐怖に、ふるえたんです」

と、京都代表が、断言する。

「十津川さん」

と、急に、大河内が十津川を見た。

「あなたは、東京の人間だが、今の話を、どう聞きました？」

十津川は戸惑いながらも、こう答えた。

「私の親戚で、すでに亡くなった人がいるんですが、その人は昭和二〇年、八王子《はちおうじ》にあった東京陸軍幼年学校にいました。八月十四日の朝、突然生徒監《せいとかん》、これは学校でいえば担任教師みたいなものですが、軍隊ですから陸軍中尉だったといわれています。その命令で、毛布一枚を持って、近くの城山《しろやま》という小さな山まで登ったというのです。そこで生徒監はこういったと言います。『今日、八月十四日米軍は東京に三発目の原子爆弾を落とすといっている。今から東京で何が起きるかを見届けるんだ』。そういわれて親戚、私から見ると叔父さんですが、当時は陸軍幼年学校の生徒で十五歳。この『私』は東京を見つめていたそうです。しかし、原子爆弾は落ちず帰校したといいます。時の阿南陸軍大臣が、撃ち落として捕虜にしたアメリカ空軍のパイロットたちを訊問《じんもん》して、次は東京だと聞き閣議で話した。それが、東郷にも伝わって、生徒監が、その話の確認のために、生徒たちと、城山に登ったと戦後になってから、いわれていました。三発目を東京に落とすという話もあったんです」

と、十津川が、説明した。

「いや、三発目の目標は、東京なんかじゃなく、京都ですよ」

と、京都の男は、主張する。

「どちらにしろ、東京にも京都にも原爆は落とされなかったんだから、幻ですよ」

と、長崎がいう。

「いや。私が聞いた話では、テニアンで、三発目の原子爆弾を積んだB29が、出発の合図を待っていたんです」

「しかし、離陸する前に、戦争は終わっていたわけですよ」

「いや、違う！」

と、京都が、叫んだ。

「三発目を積んだB29は、他の二機と離陸して、投下目標の京都に向ったんですよ」

「しかし、アメリカ時間の十四日は、日本時間の十五日ですよ。八月十五日に、玉音放送で日本の戦争は、終了しています」

「いや、十四日の夜から十五日の早朝にかけて、日本の降伏を信用しなかったアメリカ空軍のB29が大挙して、日本中の中小都市を爆撃しているのです。同じ日の昼には、玉音放送ですから、完全に無益の殺人と、破壊です。その大空襲に乗じて、十五日未明、三発目の原子爆弾を積んだB29一機と、後続機二機が、離陸したのです。目標は、京都です。マンハッタン計画の実働者といえるグローヴスたちの念願だった京都への原爆投下の最後のチャンスを生かすためにです。

京都は実に原爆製造に目安のついた五月からの目標都市だったのです。この時、Ｂ29の大編隊が中小都市や石油基地、軍需工場などを、爆撃しています。それにまぎれて、三発目の原爆を積んだＢ29は指定された空路を飛び、京都に近づいていました。最大の獲物である京都の街が眼前に見えました。その時、京都の上空は快晴。

しかし、パイロットたちには、京都の街が歪《ゆが》んで見えたに違いないのです。あの日はお盆にあたっていて、先祖のために送り火を焚いて祈りを捧げていた。その霊気が集まって、Ｂ29のパイロットの神経をおかしくさせた。だから、原爆を投下できなかった。アメリカ人のお情けで、救われたんじゃありません。京都が、京都を守ったんです」

「京都千年の霊ですか？」

少し皮肉を込めて、長崎の女がきく。

「今、魔都京都の復活が噂されています。地下の冥府、地上の歴史、そして、京都の上空にも魔都の空があるんです。日本の空ではなく、京都の空です」

と京都がいった時、田島の携帯が鳴った。二言、三言、電話の相手に答えてから、十津川を見て、いった。

「これから京都へ行くぞ。京都で事件が起きた」

その声が大きかったので、京都のバッジを付けた男が、

「京都で事件て何ですか？」

と、きいた。

「京都で、小野篁の真似をして冥府に行った、といわれていた男がいたでしょう。その男が見つかったんですが、衰弱していて病院に運ばれたが、危険な状態だというんですよ。とにかく興味深い事件だから、取材で京都に行くことになりました」

と、いい、そのまま飛び出して行こうとする田島の背中に向って、京都が、

「記者サーン」

と、大声をぶつけた。足を止めて振り返った田島に向って、

「京都へ行っても間違えないで下さいよ。京都で起きていることは全て事実なんだから」

と、怒鳴った。

4

せっかくの討論会がおかしな方向に動いて、京都の男女は慌ただしく、

「すぐに京都へ帰らなければなりません」

と部屋を飛び出して行った。他の人たちも、肝心の京都の人間がいなくなって、拍子抜けしたのか、帰っていく。残ったのは、十津川と大河内准教授だけだった。十津川が、大河内をロビーに誘った。

喫茶コーナーでコーヒーを飲みながら、

「どうでした？」

と、十津川がきいた。

「結構、面白かったですよ」

と大河内准教授が、笑った。

「京都の代表の他に、広島や長崎や小倉なんかの代表が来ていましたが、京都の人が帰ってしまった後は、何となく、だらけてしまいましたね。それについては、どう思っていますか？　たとえは悪いかも知れませんが、京都以外の人たちも、小京都みたいな感じですからね。本家が帰ってしまうと、分家も話すことが無くなってしまうんでしょうね」

「その京都ですが、あの二人は、太平洋戦争で、原爆の目標になっていたのは、あくまで京都だったといってましたね。京都を救ったのは、スティムソンやトルーマンの配慮ではなくて、八月のお盆で、千年の霊があの世から帰っていて、その霊が守ったのだと、いっていましたね。ああいう神がかりな考えをどう思います？」

十津川が、きいた。

大河内は、すぐには答えず、間を置いて、いった。

「私が学生の頃なら、一笑に付したでしょうが、今は迷います。われわれは、今も、あの世があるのか無いのかさえわかりませんからね」

第四章　反撃する京都

1

大袈裟《おおげさ》にいえば、言葉の飛び交う京都は戦場になった。十津川も、その戦場の中にいた。

警視庁捜査一課の警部が管轄外の京都に来ているのは、上司の三上《みかみ》刑事部長からの、「京都がおかしいから調べてこい」との命令もあったが、十津川自身の個人的な関心もあった。

何かがおかしいのだ。

同じ日本人なのに、京都と、京都以外の日本人が、京都を舞台にした戦争を始めた、そんな感じだった。

京都と今戦っているのは、主として東京を中心としたマスコミである。大新聞の記者たち、テレビ局のアナウンサーやカメラマン。そんな人たちが、京都人と向い合って論争しているのである。それも世界情勢についてとか、日本の政治についてとかの論争ではない。「あの世が存在するかどうか」の論争なのだ。

東京から押しかけてきたマスコミの、考えは一致していた。あの世が存在するかどうかはわからないが、「あの世へ行って来た」という話は、全員が否定していた。

それに対して、京都を代表する平安時代からの先祖を持つ、いわゆる町衆《まちしゅう》たち、京都生まれの宗教家、それに、安倍晴明の子孫を自認する安倍幽生《あべゆうせい》や、現代の白拍子といわれる賀茂かおるなどが、今も志さえ真っ直《す》ぐならば、平安時代と同じ様に自由にあの世に行き、戻って来られると主張しているのだ。

その真っ只中にいるのが、現在重篤状態にある編集者、佐伯敬だった。彼が意識を取り戻して、自分があの世へ行った時の話を詳細に話せば、この論争に決着がつくはずである。一時は危篤状態を伝えられたが、現在は持ち直している。だが、いぜんとして意識不明の状態は続いているという。

それについても東京のマスコミは一斉に、京都の有力者たちが、京都の偉大さや不思議さ、魔界であることを証明しようとして、佐伯敬に嘘をつかせようとした、それに佐伯が反対したので、医療的な手段を使って意識不明の状態にさせたのではないか、と決めつけて京都を非難していた。

十津川の大学時代の同窓で、現在東京に本社を持つ中央新聞の記者、田島も京都に来ていた。彼はもちろん明らかに、東京側の味方である。

「この大論争、これからますます大きくなるね」

と、田島が嬉しそうに十津川にいった。

「どうしてそう思うんだ？」

「よく、京都の人間がいうじゃないか。京都には、日本人と京都人がいる。まさしく、その二つの陣営に分かれて論争が始まっているんだ。だからこれは京都人がいっていた、日本人と京都人との論争なんだよ」

田島は続けて、

「君は京都府警の刑事と親しい訳だろう？」

「別に親しいという訳じゃないが、何度か合同捜査で一緒になったことがある」

「その京都の刑事たちはどう思っているんだろう？　今度の大論争をだよ」

「それで弱っている」

十津川は、正直にいった。

「君のいい方を真似れば、刑事にも日本人の刑事と、京都人の刑事がいることになる。京都で生まれ育った刑事は京都側についてしまう。そこで今、真ん中にいる刑事を探しているんだ。現在は京都府警に所属しているが、京都生まれ京都育ちではない人間だよ。そして、ある程度京都というものを、批判的に見ている刑事だ」

「それで、見つかったのか？」

「一人、見つかった」

「どんな刑事なんだ？」

田島も興味を感じた表情できく。

「今もいったように、現在京都府警の捜査課に所属している警部だ。年齢は私と同じ四十歳。ただし、生まれ育ったのは京都ではなく東京でね。東京の高校を出た後、京大に進学した。つまり四年間、京都にいた訳だ。卒業後、京都府警に就職したが、今住んでいる場所は大阪だ。なぜ大阪に住むのかきくと、どうも、京大に四年間いたが京都という町に馴《な》染《じ》めなかった。ただ、京都で仕事をするのは面白いので京都府警に入ったが、住むには京都でなく大阪の方が良いと思い、現在大阪に住み、阪急電鉄を使って京都府警に通っている。そういう警部だよ」

「それで、この現在の論争については、その警部はどういっているんだ」

「それはまだ、聞いていない。今夜、夕食を一緒にする事になっているから、会ってみないか」と、十津川が誘った。

2

京都着倒れ大阪食い倒れというが、京都にも特徴のある店が多い。特に、いわゆる高級料亭というのは、京都が一番多いのではないだろうか。

「その警部から、普通の日本人の意見が聞けるのかな。それとも日本人でも京都人でもない中途半端な意見を聞く事になるのかね」

と、田島がいう。

「それがわからないから、今日改めて食事をしながら聞いてみる事にしているんだ」

「それなら是非、一緒に行きたいね。とにかく、おれは京都人の本音を教えてほしいんだよ」

と、田島がいった。

「今回の件で、京都人が本音をいっていないと思うのか?」

「あれが本音の筈はないだろう。だって、あの世へ行って帰ってきたというんだぞ。そんな話、本気で信じているとはとても思えない」

と、田島がいった。

その日の夕方、十津川が誘ったのは四条通に近い、小路にある小さな天ぷら屋である。五、六人でいっぱいになるような小さな店で、六十代の夫婦がやっている。京都にはそうした小さな店が多いのだが、東京と違う所はこんな小さな店で、夫婦でひっそりとやっていても、色々と話を聞くと例えば有名な「吉兆《きつちよう》」で主人が修業している、といった、履歴が付いてまわっている事である。東京ならそんな事がテレビでニュースになるのだが、京都では有名料亭での修業などは、どこの小さな店の主人でも絶対にといっていいほど、やっているから、大きなニュースにはならないのである。

そこで、十津川も久しぶりに、原《はら》という京都府警の警部に会った。もちろん、中央新聞の田島は初対面である。

十津川は遠慮して、最初の内は今回論争になっている問題についてきこうとはしなかったのだが、新聞記者の田島の方は遠慮会釈もなしに、食事をしながら今回の騒動について質問を原警部にぶつけていった。

「今、京都で大論争になっているでしょう。我々、東京からやって来たメディアの人間と京都人との間の論争です。どう見ても京都人の方が間違っている。我々が質問すると京都人の方は『皆さん誰も、あの世があるかどうかわからないのにどうして、あの世が無いと決め込んでしまうんですか？』というんです。あれはどう見ても誤魔化しですよ。我々はあの世があるか無いかわからないとはいっているけど、無いとはいってないんですよ。我々が問題にしているのは、あの世に行って閻魔に会って帰ってきたという、そんな話はインチキだといっているんです。あの世へは死ななきゃ行けない訳でしょう。それなのに、死んでもないのにあの世へ行って、生きて戻ってくる筈が無いじゃありませんか。その点、原さんは京都府警に就職しているのに京都の人間じゃない。だから、正直にいって欲しいんですけど、原さん自身は京都人が主張している話、六道珍皇寺の井戸から入っていって、あの世へ行き、嵯峨野の薬師寺の井戸から帰ってきた、そんな話、信じていらっしゃいますか？」

遠慮なく田島がきく。

それに対して、原警部は、すぐには返事をせず、少し考えてから、

「もし、私が京都府警の人間でなければ、答えは簡単ですよ。あの世へ行って生きて帰ってくるなんて事は信じられない。そういいますね。しかし私は今、京都府警の人間です。そして、京都人の同僚刑事と話をする。その時感じるのは、私は今までせいぜい京都に四年間しかいなかった。それに対して相手は、先祖代々、三百年も四百年も京都に住んで、生きている。その人たちがあの世へ行ってきた、その言葉の意味には三百年、四百年の重みがあるんですよ。それに対してたった四年の私が、それは違うなんていえませんよ」

「それが答えですか？」

「そうですね、それ以外に答えようがない」

と、原警部がいった。

二人の話が際どい事になってきそうだったので、十津川は強引に話を別のところに持っていった。

「今日テレビを見ていたら、京都市長が市議会で質問に答えていましたね。現在の論争についてどう思うか、答えを要求されて市長はこう、答えていました。『私としてはどちらともいえないが、大学あるいは中学・高校でこれが問題になっているのならば、あの世へ行って帰ってきたという話は科学的ではない。そう答えますよ。しかし私は、京都で生まれ、京都で育ち、現在は京都市長をやっている。その立場で考え、それも、送り火の時に質問されたら、迷わずこう答えますね。私自身はあの世へ行った事は無いが、あの世へ行って閻魔に会って帰ってきたと京都人が答えたら、それを、否定はしません。きっとその人はあの世へ行って、閻魔様に会って帰ってきたんだろうと思いますね』。原さんと同じ答えですよね。しかも重みを、京都人の方に置いている。一見すると、どちらも傷つけないようなあいまいな答え方に見えますが違うんですね。市長は京都人があの世へ行って閻魔に会って帰ってくると、本当に信じているんですよ。もう一つ。東京の友人から聞きました。今の総理大臣が記者に聞かれたらしいんです。あなたはあの世があると信じて、あの世へ行って帰ってこられると信じていますか。そう、聞かれたらしいんです。それに対して総理大臣は、『私は山口県の生まれで、京都の人間ではないし、京都府知事、市長でもありません。地方の田舎者なので京都人のようにあの世へ行って帰ってくるような事は出来ません』と答えて京都出身の議員から問い詰められているんですよ。どうしてそう断定出来るのか、それに総理はあの世へ行って閻魔様に会って帰ってくる。そんな旅行を試そうとした事もないじゃありませんか。それなのにどうしてこれはあり得ないと断定できるのか、と質問されたらしいんですよ。今やこの問題は日本全体の問題となっていますよね。京都府警の人間として、これからどうなっていくと思われますか？」

と、原警部にきいた。田島も質問を浴びせた。

「その内に、外国人の観光客からも同じ質問を受けると思いますね。京都の知事や市長に遠慮なく、『京都人はあの世へ行って閻魔様に会って帰ってくる事が出来るんですか？』そういう質問をぶつけてきますよ。今や、日本の問題から世界の問題になってしまっているんですよ。そうしたらどうします？　京都人は、まさか世界に向って、あの世があって、あの世を見て帰ってこられる。そんな返事を外国人に向ってするんじゃないでしょうね。もし、そう答えて、じゃあ行ってきて欲しいといわれたら、どうするんでしょうかね」

「確かに京都全体の問題というよりは、京都人対日本人の問題になっているし、その内に確かにあなた方のいわれるように、外国人から質問されるかもしれません。でもそうなったら『平安《へいあん》さん』が出てきますから、それで収まりますよ」

と、いった。

「平安さんって何ですか？　京都に取材に来てからまだ数日ですが、それでも、いろいろな人に会って話を聞いたつもりです。平安さんという名前は、聞いた事がありませんが」

田島が文句をいった。

「私は名前は知っていますが、どういう人かは知りません。謎の人物ですよ。しかし、京都で何か問題が起きて、収拾がつかなくなると自然に、こういう問題は平安さんに頼めばいいという声が出てくるんです。以前、京都市役所と観光税の問題について、京都の主なお寺、観光寺ですね。清水寺《きよみずでら》とか成願寺《じょうがんじ》などと観光税を高くしたいという市側との間で揉《も》めに揉めて収拾がつかなくなった事がありますが、その時もこういう問題は平安さんに頼めばいいという声が上がってきて、突然その平安さんが現れ、あっという間に税金問題に片が付いてしまいました。ですから今回も、これ以上こじれて市長や知事にも収拾がつかなくなると、自然に平安さんの名前が出てくるんじゃありませんかね。私はそろそろ平安さんが出て来てもいいなと思っているんです」

原警部がいった。

原警部自身も、実際には平安さんに会った事は無いらしい。

「観光税問題の時、私はヒラ巡査で、郊外の小さな派出所勤務でしたから、平安さんを見た事がないんです。ただ、こじれていた観光税問題が、あっという間に片付きましたね。京都の様な古い都には、そういう奇妙な調停役というか、有力者がいるんじゃありませんか」

と、原警部はいうのだ。田島はすぐスマホを使って、本社に質問していたが、その後、肩をすくめて「東京本社でも、京都の平安さんについてはデータが無いようですよ。逆に、今回その平安さんが現れたら取材して来いといわれてしまいましたよ」

田島は原警部に向って、

「あなたが知っている限りの平安さんの経歴を教えてくれませんか？　どんな事でも構いません。とにかく知りたくなりました」

「これは、先輩の刑事部長に聞いた話で、私が直接平安さんから聞いた話じゃないんですよ」

と断ってから、平安さんについて、原が話してくれた。

「とにかく大変な資産家で、何代にもわたって京都の中心地、つまり京都御所の近くに土地を持ち住んでいる、そういう人だそうです。他に、京都市内のあちこちに、土地を持っていて、それを京都の主な神社やお寺の要請に応じて、提供しようというのです。また、京都市役所に対しても同じような事をしていたので神社も市役所も、平安さんには頭が上がらない。そういう事で平安さんが出てくると大きな問題に片が付くといわれているんじゃないでしょうかね。何といっても京都という町は、土地が狭いですから、土地の所有者が、自然に大きな力を持っているんです」

「しかし、京都も少しずつ変わってきていますね」

十津川がいった。

「私は、二、三年に一回しか京都に来ていないんですが、先日四条通を歩いていたら、滅《めっ》多矢鱈《たやたら》に外国人が多いのに驚きました。それから、昔は京都には、全国チェーンのレストランやカフェ等は無かったんです。そういうものは京都に似合わないので絶対に進出させない。京都人はそんな風に考えていると思ったんですが、今回久し振りに京都に来てメイン通りの四条に『吉野家』や『スターバックス』の支店が出ているのにびっくりしました」

原警部は、それに対して、

「あれは、京都人が経営している店ではありませんよ。外部から来た人間がやっているんです。ですから京都人とは関係ありません」

と、京都人みたいな意見を口にして十津川を驚かせた。

翌日。京都の新聞に突然、次のような大見出しが載った。

「平安さん、とうとう大論争の調停に乗り出す」

これが、朝刊に大きく躍っていたのである。東京中心の大新聞では朝刊には載らず、夕刊に初めて、

「謎の平安さん、とうとう調停に乗り出す」

という記事が出た。東京の新聞には「平安さん」というのは謎の人物、例の京都観光税問題の時、調停に乗り出したという小さな経歴しか載らなかった。

十津川が京都府警に行ってみると、昨日まで殺気だっていた空気が何故か今日はゆったりと落ち着いた空気に戻っていて、十津川が原警部を見つけて聞くと、原はにっこりして、

「いよいよ平安さんのお出ましですから、間もなく、日本を二分した大論争も片付くんじ

ゃありませんか」

というのだ。しかし、平安さんが、どんな動きをしているのかが全く聞こえて来なかった。

二日後の地元の新聞に、突然に、

「平安さん　真偽を試すための実験を提案」

と、見出しが載った。東京の大新聞社が、その後を追った。

その実験というのは、京都の新聞記者やTVカメラなどが見ている前で、五人の京都人があの世へ行って、帰ってくる。それを東京のマスコミや新聞が、監視する。この実験は第一段階で、第二段階で、その結果について対論する。第三段階では、逆に東京のマスコミ陣が、京都人に案内されて、あの世へ行ってくる。この第一、第二、第三段階までの実験をすれば、今回の大問題について、正しい結論が出るのではないかと平安さんが提案したというのである。

第一段階で、あの世へ行って帰ってくる五人は、いずれも、京都人である。町衆の子孫で、つまり二百年も三百年も昔から京都に住んでいた家の人間がその役をつとめることに決まった。

この実験に、最初東京から来たマスコミは反対した。その五人の中に少なくとも二人はあの世へ行ける事を信じない、東京の人間を入れるべきだと主張したのだ。それに対して京都側の、あの世へ往復できる事を信じない人間にはあの世へ行って帰ってくる事は出来ない、という反論が通って、京都側の人間のみの五人に決まった。この提案の中では、第二段階で京都側と東京の人間との対論。第三段階で、京都の人間が東京側の人間五人を、あの世へ案内する事になっているから、まず小手調べに実験をさせた方が良いという平安さんの言葉に東京のマスコミも承知したのである。

その五人があの世へ行く方法として、平安の小野篁の時代から、入口として使われている六道珍皇寺の井戸が使われる事となり、五人があの世から帰ってくる出口として使うのは、薬師寺の庭に今回作られた井戸という事になった。これも平安さんの提案だ。

まず、東京のマスコミの代表が六道珍皇寺の井戸の周囲に構えて、入っていく五人の京都人を見送る。一〇分してから東京のマスコミが問題の井戸に入って、五人があの世へ行った事を、確認する。その時点で、東京のマスコミの半分は嵯峨野の薬師寺に新しく作られた井戸の周りに集まって、五人があの世から帰ってくるのを待ち受ける事に決まった。

その日。九月七日の朝、一〇時ジャストに東京のマスコミが六道珍皇寺の井戸の周辺に集まった。白装束に身を固めた京都人五人。二十代から五十代までの男女五人である。その五人が東京のマスコミ監視の下、一人ずつ本堂の裏にある井戸に入って行った。その直後に井戸の中をのぞき込もうとするのを京都府警の刑事に止められた。

そして、約束の一〇分が経ったところで東京のマスコミの記者らが、一斉に古井戸に殺到した。井戸の中をのぞき込み、あるいは飛び込んでいく。しかし、五人の姿は消えていた。そこで東京の記者やカメラマンたちは、一斉に井戸の壁を調べた。秘密の扉などが出来ていて、そこから消えたのではないかと思ったからである。

千年の昔からあったという古井戸は苔《こけ》むしていて、どこにも、新しく作られた所や作り直された所は見つからなかった。失望して上がって来る東京の新聞記者や、TVのカメラマンたち。その中から、

「どのくらいであの世から帰ってくるんですか?」

という質問が起きた。それに対して、実験を提案した平安さんの秘書が答えた。

「あの世へ行ってゆっくりしようとすれば、何年もかかりますが、今回は皆さんもすぐ、結果を知りたいと思われるでしょうから、本日の夕方六時には、北の薬師寺の井戸から出てきます。それを皆さんで、確認されたら良いと思いますね」

途端に、東京の新聞記者やTVのカメラマンたちは一斉に待たせてあった車に乗り込ん

で、嵯峨野の薬師寺に向って車を飛ばして行った。といっても、もちろん前もって東京のマスコミの半分は朝から嵯峨野の薬師寺の井戸の周りに先行しているのである。

十津川と田島は、すぐには、六道珍皇寺の井戸の傍《かたわ》らから動こうとしなかった。平安さんの指示で京都府警が井戸の周りにロープを張って、野次馬が中に入らないようにしていた。

「君はどうなると思う？」

十津川が田島にきいた。

「たぶん、午後の六時になったら北の薬師寺の井戸からあの五人が出てくると思う」

「しかし、それじゃあ困るんだろう？　あの五人があの世へ行って、それから戻ってきたという証明にはならないが、しかしこの井戸から薬師寺の井戸まで、少なくとも一〇キロ以上はある。その間を通り抜けた事だけは、証明されてしまうんだからね。それでも君は、満足なのか？」

「もちろん、満足なんかしない。何かトリックがあるはずなんだ。しかし、それを証明するのは難しいよ。何しろ、八月十六日の時にもその論争があったが、疑っている側の人間もマジックを使ったんじゃないかという、そんなあいまいな答えしか見つけられなかったんだから」

と、田島がいった。

昼近くになったので、二人は六道珍皇寺から出て、近くのカフェで軽い食事をとる事にした。

その店は、いつもはテレビを置いていない店なのだが、今日に限って臨時でテレビが置かれていて、その画面では地元のTV局が朝の実験の模様を延々と伝えていた。

途中で和服姿の平安さんが出て来て、今回の実験について説明を始めた。小柄な八十代の老人である。しかし、目だけは強いものを持っていた。それでカメラを睨《にら》むように見て、自信満々に説明をした。

「私は京都の人間ですから、以前から選ばれた京都人には同じ様にあの世へ行き、閻魔様や故人に会って話をしてから、現世に戻ってくる力があると信じています。しかし、調停を頼まれた私としては、東京のマスコミも納得させる必要がありました。ですから、三段階の実験を提唱しました。今日、九月七日はその第一段階です。第一段階の実験は東京のマスコミの人たちにとっては、自分たちに不利な実験だと、思われるでしょう。そこで第二段階の対論のあとの第三段階として、誰が見ても東京のメディアに有利な実験を、提案しています。その第三段階の結果について、誰もが納得するような議論をして、最後の結論に至りたいと思っております」

テレビは、六道珍皇寺の井戸に入る実験の模様を何回も繰り返して、放送していた。

「僕はね」

と、田島がテレビを見ながら、いう。

「第一段階の実験の結果がどう出るか、もうわかっている。それよりも、東京の帝国ホテルで論争があったじゃないか。京都になぜ原爆が落ちなかったのかという、例の論争だよ。今の時点では、あの論争の方が興味がある」

と、いい出した。田島は、続ける。

「あの問題も、突き詰めていけば今回の論争と同じなんだよ。なぜアメリカは原爆を京都に落とさなかったのか。第一回、第二回の目標選定では、第一目標として、京都の名前が挙がっていた訳だからね。そして最後の、昭和二〇年八月十五日。アメリカ時間では前日の八月十四日の未明に日本の回答を不満として、B29の大編隊が日本の地方都市を空襲している。その時、三発目の原爆を搭載したB29が京都爆撃に出発した事も、事実なんだ。その時も何故か京都に三発目の原爆は落とされなかった。その時のパイロットは京都に原爆を落とせという命令を受けてテニアンを出発しているんだから、トルーマンやスティムソンが、日本の文化を守るという理由で止めたんじゃないんだ。なぜ中止したのか、その理由がどうしても知りたくてね。それがわかれば、今回の小野篁の子孫があの世へ行って帰って来たという謎も、わかるんじゃないかと思っているんだよ」

「それは、八月十五日の未明に出発しているからじゃないのか。その日の正午には玉音放送があった。それでただちには戦争自体は終わらなかったが、B29は帝都空襲を止めているんだから」

と、十津川はいった。

「しかし、同じ時にB29の大編隊が日本の地方都市を狙って、猛爆撃を敢行している。その時、死ななくても良かった、何千人もの日本人が死んでいるんだ。だから、京都に原爆が投下されなかったのは、時間的な問題ではないと思っている」

「帝国ホテルで京都の代表は、あの日はお盆にあたっていて、送り火を焚いていた。京都全体が先祖を迎え、あるいは送る為の祈りを捧げていた。その霊気が集まって、京都の爆撃に来たB29のパイロットの神経をおかしくさせて、爆撃が出来なかったんだと、いっていたね。その話は、信じないのか」

「誰かが邪魔をして、京都には原爆は落ちなかったんだ、と私も思っている。それと同じで、その犯人が井戸でどんなマジックを使ったのかわかれば、今回の冥府旅行の謎は解けるんだ」

「あの時、帝国ホテルで京都の代表者が霊気の問題についていっていたじゃないか。彼に会って話を聞けばわかるんじゃないのか?」

十津川がいうと、田島が笑って、

「京都へ来た時、早速あの人を訪ねて行ったよ。京都の西陣《にしじん》で、理事をしている人だった。京都が爆撃されなかった理由を聞くと、また送り火のお盆の時に立ち昇った霊気が、パイロットの神経を狂わせたのだ、と同じ事をいうから私もいい返した。そんな非科学的な話は信じられない。何か理由があって、京都は原爆を落とされなかった。もっと、まともな理由を聞かせて下さい。そういったらさすがに答えはなかったね。しかし、表情を見ていれば、霊気というものではなくて、もっと違うものを彼が考えているのは明らかだった。だから今回のあの世の問題についても、京都人だって、もっと、まともな理由を知っているに違いない。戦争中のB29の原爆についてと同じようにね」

と、いった。

もちろんこのまま二人の間であれこれ論争しても、答えは見つからないと、十津川も思う。ただ、原爆について田島がトルーマンやスティムソンのもっともらしい話を信用していない事だけははっきりとわかった。お互いに納得できないままに二人は、そのカフェを出た。

バスで嵯峨野に向う。薬師寺の前では、東京からわざわざやって来たテレビ中継車や東京の新聞記者たちが、時々、腕時計を見ている。誰もがいらいらしていた。

午後六時近くになると、一斉に、薬師寺の中に入っていく。十津川と田島の二人も彼等の後を追うようにして、薬師寺の中に入って行った。薬師寺本堂の裏に、最近作られた井戸の周りには、六道珍皇寺と同じようにロープが張られて、京都府警の刑事が、腕時計を見ていた。

六時ジャスト。

ロープは取り外され、我先にと東京の新聞記者やTV局カメラマンたちが井戸の中に入って行こうとした。それを少し離れた場所から、十津川と田島は見守った。

「答えはわかっているんだ。六時ジャストに井戸から例の五人が上がってくるさ。それに決まっているんだ」

と田島がいった時、中に入ろうとした東京の記者やTVカメラマンたちが、追い出されるように、出てくると、それを追うように例の五人の京都人たちが、井戸から這《は》い上がってきた。

これから第二段階の対論に入るのだ。

その五人の男女が報告を始める。耳を傾ける者もいれば、その後井戸がどうなっているのか調べる為に、井戸に潜っていく記者やカメラマンも出てきた。

五人を代表して報告をするのは、昔から御所の近くに住んでいる老舗《しにせ》の日本旅館の主人だった。旅館組合の理事をやっている五十歳の男だった。彼は落ち着いた口調で喋《しやべ》っている。

「我々五人は平安さんの指示通りに、六道珍皇寺の井戸から入り、冥府へ行って、帰って参りました。あの世の人々の間にも、今回の話は伝わっているようで、このせいで現世とあの世との往来がしづらくなっては困る。そんな話も聞いて参りました。東京のマスコミ関係者も勝手な記事を書いて、我々京都人が心配している現世とあの世との往来がしにくくなるような事は止めて頂きたいと、ここでお願いしておきます」

これが、挨拶だった。

この後、東京のマスコミが五人に対して質問をぶつけていく。その問答も、十津川と田島は少し離れた所で聞いていた。

聞きながら、田島がぶつぶつ文句をいう。

「質問も答えも、もうわかっているんだよ。本当に行ってきたのか？　と聞き、五人は本当に行ってきたと答える。それ以上、話は進まないよ。信じる者と、信じない者との不毛な話し合いだからね」

その夜、京都で一番大きいというクラブRで、平安さん主催の歓迎パーティーが開かれるというので、十津川と田島も出席する事にした。どんなパーティーなのか、それが知りたかったからだ。

京都では、花街とお茶屋さんが有名だが、それでもクラブやバーは何軒もある。Rはその中で一番大きなクラブといわれる店だった。平安さんは、秘書と一緒に出席していたが、東京からやって来た新聞記者やテレビ関係者の顔もあった。

その参加者の中に、東京で知り合った顔を見つけて、十津川の方から近寄って話しかけた。相手も、帝国ホテルでの事を覚えていて、「確か、警視庁の十津川さんでしたね」と、いった。

「あの後、京都になぜ原爆が落ちなかったのか、それが気になって仕方がありませんでしたよ」

十津川が、いった。相手は嬉しそうににっこりした。

「そうでしょうね。日本人なら誰だって気になります。トルーマンやスティムソンの戦後の後出しジャンケンみたいな、あんな言葉を京都人は誰も信用していません。何しろ、戦争の相手の国の国務長官や、大統領の話ですからね。政治家の話ですから、どうせ自分が京都の文化を守ったんだ、というような手前味噌な話をするに、決まっているんです。そんなこと信じられますか。戦争中は、トルーマンやスティムソンだって相手を攻撃する為に原爆の製造計画を作り、そして日本に対して原爆を落とすと宣言しているんですから。それに、最初の内は京都が第一候補だった。それだけ京都という、日本人の文化と歴史の中心だった古都京都を、灰燼《かいじん》に帰してしまえば、日本人も、敗北を認めるだろうと考えて、第一目標に、二人とも京都を選んだわけですからね。たまたま、京都が無事で、戦後を迎えたからといって、日本文化を守りたくて、京都を外したみたいなことを、手柄顔にいわれても、私には信じられない。アメリカが、京都に原爆を落とさなかったのは、別の理由がある筈で、もちろん、アメリカもそれを知っている。同じことが、今回の事件にもいえると思っているんです」

相手は、熱を込めていった。

その相手の名前は、蘇我《そが》だったのを、十津川は、思い出した。

日本史の中で、悪者とされている蘇我氏と同じ字である。

ふと、あの蘇我氏、蘇我入鹿《そがのいるか》の子孫だろうか、と考えたりしながら、

「確か、東京のホテルでは、あなたは、迎え火、送り火といった京都の霊気が一斉に立ち昇って、京都の空を蔽《おお》いつくして、そのために、B29のパイロットが、原爆を落とすことが出来なかったのだと、主張されていましたね」

と、十津川が、きいた。

蘇我は、肯《うなず》いた。

「そうです。あの時も、今も、それしか考えようがありません。しかし、他の理由があったのかも知れません。だとしても、それは、間違いなく、京都独特の理由に違いないと思っているのです。そのため、B29のパイロットが、原爆を落とすことが出来なかったと思っているのです」

と、いった。

十津川は、関心を持ってきいた。

「逆にいえば、今回の事件の謎が解ければ、昭和二〇年の八月に、何故、京都に対する原爆の投下が中止されたのかも、わかるということですか？」

と、十津川が、更にきいてみた。

蘇我は、それに対して、こんな返事をした。

「私は、今も、原爆投下が出来なかった理由は、京都人の霊気のせいだと思っていますが、他の理由かも知れません。しかし、日本文化を守ったといった綺麗ごとでないことだけは、間違いないと思っています」

蘇我は、きっぱりと、いう。

十津川は、その断定的ないい方が、気になって、

「それがわかったら、どうする積もりですか?」

と、きいてみた。

それに対して、蘇我は、予想外の反応を示した。

「私はね、人間という奴《やつ》は、また戦争を始めると、思っているんです」

と、いって、十津川を驚かせた。

「戦争ですか?」

と、十津川は、聞き返した。

「そうですよ。戦争です」

「今回の事件と、どう関係があるんですか?」

「戦争と原爆投下が、まず、あるんです。あの戦争で、間違いなく、京都は、狙われました。今回の事件でも、京都は魔都だとか、魔界といわれて、攻撃の的になっています。この二つは、全く違う事件のように見えて、私から見れば、よく似た事件なのです。いずれも、攻撃目標は、京都ですが、狙われたのは、京都という千年の都が持つ文化であり、歴史なのです。太平洋戦争で、アメリカが、京都を原爆の標的にした理由は、京都の千年の文化であり、今回、京都以外の全都道府県の日本人が、京都を攻撃する理由もまた京都千年の文化なのです。全く同じですよ」

「しかし、原爆は兵器でしょう。今回、京都人以外の日本人は、非科学的な主張を否定しているだけです」

と、十津川は、いった。

「それは、京都人の私から見れば、全く同じですよ」

「それを証明してくれませんか」

と、十津川は、いった。原爆問題と、今回の迷信事件が、同じだとは、とても、思えなかったのだ。

「戦争中の原爆と、今回の不思議な事件は、二つの点で、同じです。第一は、嫉妬《しっと》です」

「嫉妬ですか？」

「建国からわずか二百年の歴史しかない国家、アメリカとアメリカ人が、最も嫉妬するのは、歴史のある国家であり、その国の国民です。そして、文化です。アメリカは、国力、武力に絶大な自信を持ち、小国日本を戦争の最初から、軽蔑していました。唯一、彼等が、日本に対して劣等感を持っていたとすれば、それは、千年以上の日本の歴史と文化だった筈です。それが、凝縮しているのが、京都だったわけです。大統領から、兵士個人まで、彼等の嫉妬の対象は、京都だった。だから、その京都を原爆で叩き潰す必要があったのです。戦争で勝利しても、兵士たちが京都の文化と歴史に憧れてしまったら、精神的に敗北したことになってしまう。だから、執拗《しつよう》に、彼等は、原爆を京都に投下しようとしたのです。今回の事件も、全く同じです。日本国民の大部分は、京都に憧れながら、京都の文化の一部を自分たちに無いものとして嫉妬し、迷信として否定しようとして、今回の事件が起きているのです。京都では平安時代の小野篁という官吏や、僧侶が、自在に現世と冥府を往来していた。しかも今回は現代に生きている人間が、往来した。自分たちには、不可能なものを恐れ、拒否する。それは、京都を原爆で消してしまおうと考えるアメリカ軍人や大統領の嫉妬心と全く同じものです」

「失礼ですが、あなたは、現世と冥府を自在に往来できるんですか？」

と、十津川は、きいた。

「まだ、試みたことはありません」

と、相手がいう。

十津川は、ザマアミロと思いながら、

「なぜ、やってみないんですか？」

というと、

「今まで、その必要が無かったからです」

「おかしいですね。日本人の何千万人もが、同じように、必要が無いから、あの世へ行こうとしないわけですか？　そんなことはないでしょう？　死んだ恋人に会いたい、亡き友人、亡き両親に会いたいと思う人は、何十万人といる筈ですよ。どうです？　そうした悩める人たちのところを廻って、自在に冥府に行ける方法を教えたらどうですか？　たいへんな人助けになると思いますがね」

「それは、出来ません」

「何故です？　人助けのチャンスなのに」

「相手が、信じてくれなければ、この現世と冥府の往来は、不可能です」

と、相手はいった。

（またか）

と、十津川は、思った。

京都人の「決まり文句」だと感じたのだ。

こちらとしては、現世と冥府との往来など、とても信じられないから、いろいろと質問しているのである。それに対して、

「信じられない人には、説明は無理」みたいないい方は、説明や答えを拒否しているのではないのか。

だが、相手は、十津川の気持ちを考える気配もなく、

「とにかく、われわれは、この京都の町、文化、歴史を守らなければならないのです。だから、戦うことを、いといません」

と、いう。

「しかし」

と、十津川は、いった。

「太平洋戦争で、一番、破壊をされなかったのは、京都でしょう？　原爆も投下されなかったし、B29の焼夷弾《しよういだん》攻撃も受けなかった。東京のように、無差別爆撃で、町の大部分が灰燼に帰して、十何万人もの死者を出すこともなかった。戦後になっても、東京みたいに、醜悪な高速道路が頭上を走ってもいない。いったい、何から、守ろうとしているんですか？　千年の古都として、大事にされているじゃありませんか？」

「十津川さん、それは、全く違いますよ。京都人が戦っていなければ、今頃京都は、消えてしまっています。そうした危機を、十津川さんたちはわかっていない。大変、残念です」

と、相手は、いい返してきた。

「戦うといわれるが、いったい誰と戦うというのですか？」

十津川が、きいた。

「戦争です」

と、いう。

「戦争は、もう七十年前に終わって、今は、平和を楽しんでいるじゃありませんか」

「私たちは、そうは思わないのです。百年単位で考えれば、戦争が終わって、平和になったということになりますが、千年単位で考えれば、別の面が見えてきます。よく、京都人は戦争というと太平洋戦争のことではなく、応仁の乱のことをいう、といわれますが、別に、そのままを考えるわけではなくて、千年単位で考えれば、戦争は続いている。そして、戦争は、必ず、美しいもの、高貴なものを破壊しようとするのです。太平洋戦争もそうでした。原爆が、その代表的な暴力でしょう。敵国の温情で京都が救われたなどと甘く考えてはいけないのです。だから、われわれとしては、真実として、何が京都を救ったのかを知る必要があるのです。それを知らずにいては、次の戦争で、京都を守ることは、出来ませんからね」

相手は、熱っぽく主張する。

「今回、平安さんなる人物が現れて、例の、現世と冥府を往来することについて、われわれも納得できる実験を繰り返すと言明されていますが、それもあなた方が京都を守ることの一環なんですか？」

と、十津川は質問を変えた。

相手は、ニッコリした。

「その通りです。平安の頃、小野篁を始め、京都人は京都を守るために、現世と冥府を往復していたのです」

「それは、平安時代の話でしょう？」

「いや、今次の戦争でも、京都人たちは、自分と京都を守るために、現世と冥府を自在に往復した。だから、アメリカ人たちの嘘がわかるんです」

と、相手はいった。

（本当に、現世と冥府を往復できると信じているのか？）

と、十津川は、首をかしげ、続けて、

（この男自身、本当は現世と冥府を往復したことがあるのか？）

と、考えた。

どちらも、十津川の常識で考えれば、ＮＯである。

もし、眼の前の男が、ＹＥＳと答えたら、嘘つきか、いかれている。

「もし、あなたが――」

と、十津川がいいかけた時、彼の携帯が鳴った。

「和田です」

と、相手がいった。

「今、わが社の編集者、佐伯敬が息を引き取りました。私は、京都人を、詭弁《きべん》を弄《ろう》して、佐伯を死に至らしめたとして、告発するつもりです」

第五章　京都混迷

1

一度東京に戻った十津川だが、現在、京都で進行している事件への関心は膨らんでいた。

平安時代に宮廷の検察官だった小野篁は、昼は宮廷に仕え、夜は、あの世へ行って、閻魔大王に仕えたと今昔物語などに書かれている。

小野篁だけではない。その時代、多くの京都人、特に僧侶や、陰陽道の達人、安倍晴明たちは、いずれも、自在に現世とあの世を往来したと伝えられている。

京都人の中には、現代人もまた、信じる思いが強ければ、現世とあの世を自在に往来出来るという者がいる。それが事実なら、現代の京都も魔界である。

今回の事件では、はじめにその真相を確かめようと東京からやって来たジャーナリストが京都人に案内されて、六道珍皇寺の井戸から入り、小野篁と同じようにあの世へ行き、嵯峨野の薬師寺の井戸から現世に戻ってきたと噂された。

その男の名前は、雑誌編集者の佐伯敬である。

彼は先日、息を引き取ったと和田から連絡があった。

京都人は、彼が、初めて現世からあの世へ往復したために、精神的に疲労したせいだろうと説明している。

それも全く信じない東京のマスコミは、京都に押しかけて来て、その嘘を暴こうと必死である。

その中には、十津川の大学の同窓で、中央新聞の記者、田島もいた。彼もまた、否定する気持ちで京都に乗り込んだ。

十津川も同感だが、一つだけ、引っかかることがあった。

佐伯の上司で、雑誌の編集長の和田は、一時的に行方不明になった佐伯のことを心配して、京都にやって来ていた。佐伯が、あの世から戻ってきたことは信じないが、六道珍皇寺の井戸に入り、西の薬師寺の近くに現れ、その間、一度も地上に出て来ていないと証言しているのだった。

その間の距離、十数キロ。和田の言葉が正しければ、六道珍皇寺と嵯峨野の薬師寺の間に、京都に地下トンネルが存在することになる。

しかし、京都の地図をいくら調べても、そんな地下トンネルが描かれたものは見つからないのだ。

十津川は、あの世の存在を巡る京都と東京の対立にも関心を持っていたが、京都の事件は警視庁の管轄ではない。自分から、京都へ行くことはないと思っていたのだが、何故か、上司の三上刑事部長から、京都へ行き、この事件を調べてこいという指示が出たのである。

そして、京都と東京の論争の調停に立った平安さんの提案による第一段階の実験と第二段階の対論に参加した。

再び京都に行くように、という部長の指示を伝えに来た亀井《かめい》は、「これは部長の個人的な指示だ」といった。

「部長の娘さんが、京都の大学にいるそうですよ。事件の成り行きによっては、部長が個人で、京都にやって来るかもしれませんよ」

「それは、あまりありがたくないなあ」

と、十津川は、笑った。

そのまま、二人は、東京駅に向った。

一四時〇〇分発新大阪行きの「のぞみ二三一号」に乗る。

先日、田島記者と京都に来たときに、十津川は佐伯が亡くなったことを知った。

携帯で知らせてきたのは、行方不明だった佐伯を探しに、京都に滞在している和田編集長だった。

「第二段階の対論も激しいものになったが、これで、東京のマスコミ対京都人の議論は、ますます激しくなるよ」

と、田島はいった。

2

和田は、佐伯の死を殺人と見て、京都府警に告発したいと思った。相手は、現世とあの世を自在に往来出来ると主張する京都人である。

しかし、簡単にはいかなかった。何故なら、佐伯の死体は司法解剖に廻されたのだが、外傷は発見されず、死因は衰弱死だったからである。神経が侵され栄養不良も重なっての死亡と断定されたからである。

佐伯敬を衰弱死に追い込んだのは、「現世とあの世を往復出来る」という幻想を信じる京都人ではないか。東京の人間の佐伯は、この奇妙な京都人の魔界信仰を打破するためにやって来て、京都人たちに監禁され、体を痛め付けられ衰弱死したに違いない。京都に押しかけていた東京のマスコミたちは、そう考えて、この事件を取り上げない京都府警本部を自分たちの新聞、テレビで攻撃したのだ。

そして、奇妙なフィクサー役の平安美樹《よしき》、通称平安さんが間に入って現在も続けている実験の第三段階、五人の東京人を二人の京都人が案内し、果たして現世からあの世へ行って戻って来ることが出来るかどうかの実験を実行しようとしていた。

第一段階で、五人の京都人が現世から冥府へ行って帰って来る実験は当然京都人に有利と思われたが、今回はそれに対して東京人五人を京都人二人が案内する。あの世へ案内して戻ってくる。

更に、この第三段階の実験の結果によっては、佐伯の死について、再捜査し直すと、京都府警ではなく、平安さんが約束したのである。

そのため、まず、この実験に参加する東京人の代表五人の選出である。

今から人口一千万の東京都の代表を選ぶのは、大変だということで、現在、京都に来ている東京人の中から選ぶことになった。

十津川は東京の刑事ということで、その代表選出の委員に選ばれて、参加したのだが、参加して驚いたのは、選出会場が、料亭だったことである。

更に、会場には、舞妓《まいこ》と芸妓《げいこ》が、呼ばれていた。そうなると、当然、平安さんたちは、和服姿で、旦那然としている。

背広姿で出席した十津川は、

「そんな堅苦しい格好ではいい思案も浮かばんでっしゃろ」

の平安さんの一言で、料亭の女将《おかみ》さんや芸妓さんの手で、用意された和服に着替えさせられた。

料理が出て、酒も出たが、十津川たち東京人が腹を立てなかったのは、平安さんたちが、決して、それを強要しなかったからである。

平気で妥協する。問題によっては、出発点に戻る。東京側の代表選考委員として参加した大学教授の中から、

「こんなことを繰り返していたら、時間がかかって仕方がない」

と文句が出ると、平安さんは、ニコニコ笑いながら、標準語で、

「急ぐと、いいことはありませんよ。大事な話なら、何日かけてもいいと思い、奥に寝床を用意してあります。頭が疲れた時は、ゆっくりお休み下さい」

と、いう。

京都側の選考委員に、京都でも大きな寺の坊さんが入っていることを問題にする東京人

もいた。

仏教の経典の中には、地球は球形ではなく、円筒形をしていると唱えるものがある。現世とあの世を往復出来るか否かの対論の場にはふさわしくない人間ではないか、という提案だった。

それに対しても、平安さんは、笑顔で、

「ここに来ているあの坊さんは、固い頭の持ち主じゃありません。何しろ、京都でいちばんの遊び人は坊さんですから」

と、いい、坊さん本人も、

「このややこしい問題が、片付きましたら、皆さんを、京都いちばんのクラブや、お茶屋にご招待しますよ」

と、いうのである。

とにかく、時間をかけ、第三段階の冥府行きの五人が、決まったのは夜明け近くだった。

十津川警部　警視庁
亀井刑事　警視庁

この他に、選ばれた三人は、次の通りだった。

中央新聞の田島記者

佐伯の死を問題視している和田編集長

東京のテレビ局で、番組を持つコメンテーターの浜田圭介《はまだけいすけ》

十津川は、その名前に苦笑した。

この五人に落ち着くなら、会議は五、六分で済んだはずだと思ったからである。

しかし、平安さんは満足顔でこういう。

「誰になったかより、どのくらいの時間、人選に使ったかが、大事なのです」

最後に、この五人を、あの世に案内する二人の京都人も発表された。というより、最初から、決まっていたらしい。

一人は、安倍晴明の子孫を自認し、今も、陰陽道を教えている安倍幽生だった。もちろん、この安倍幽生も、人間は、本来、現世と冥府を自由に往来できると信じていて、

「私自身、彼岸のときには、毎回、冥府に行っております」

と、いうのだった。

もう一人の案内人は、蘇我氏の子孫を自認する蘇我仲路《なかみち》という男だった。彼の先祖は、

昔、新羅《しらぎ》に亡ぼされた百済《くだら》の王族で、その時、日本に亡命したという。京都に住み、当時の京都の人々に、優秀な陶芸の技術を伝えた。現在も、京都の北に住み、陶芸を職としている。この蘇我仲路とも、十津川は、話をしていた。もちろん、仲路も、人間は、現世と冥府の間を自在に往復出来ると、固く信じていた。

安倍幽生も、蘇我仲路も、こもごも、十津川たちに向って、いった。

「あの世への旅については、私たちを信じて、リラックスして、参加して頂きたい。必ず、無事に皆さんを、現世に連れ戻しますから」

「しかし、あの世へ行ってきたという佐伯編集者は、亡くなっていますよ。だから、彼が、冥府に行ってきたという証拠は、何もないんですよ」

と、田島が、嚙《か》みついた。

「佐伯さんについては、悲しいとしか申し上げようがない。彼は、生まれて初めて、あの世を見てきたことに、極度の興奮状態になり、そのため、亡くなってしまったのですよ。これは佐伯さん個人の悲劇ではなくて、東京人の悲劇というべきでしょうね。京都人は、千年間、あの世へ行く術《すべ》を持ち続けたのに対して、東京人は、それを忘れてしまったことが生んだ悲劇でしょう」

と、二人は、相変わらず、穏やかに、しかし、自信満々に答えるのである。

この会議で、決まったことは、すぐ、地元の新聞、テレビでニュースになった。

東京でもニュースになって、京都駅近くのホテルKに、亀井と泊まっていた十津川に、三上刑事部長から、電話が入った。

「私の娘が、京都の仏教系の大学に入っている」

と、いきなり三上が、いった。

「それは、お聞きしています」

「困ったことに、京都生まれ京都育ちの男子学生に感化されたのか、最近は、彼の案内で、あの世へ行ってくるとかいっているのだ。そういう非科学的な人間には育ってもらいたくないんだよ。大学を卒業したら、有無をいわせず、東京に連れ戻すつもりだが、その前に、君に京都人の妄想を、完膚《かんぷ》なきまでに叩き壊して貰いたいのだよ。ちなみに、娘の名前は、三上カナだ」

それだけいって、三上は、勝手に電話を切ってしまった。

京都人、特に、平安さんたちは、連日、宴会を楽しんでいる。どうやら、平安さんたちにとって現世と冥府との論争も、祝い事なのかも知れない。

十津川たちの、あの世行きの実行日は、九月十日と決まり、出発点の六道珍皇寺にはそれを祝って、能舞台が造られていった。

前夜祭として、薪能《たきぎのう》が演じられるのだという。

田島が、十津川に会いに来て、いった。

「我々の出発直前に、薪能をみせるのは、世阿弥の能の世界には、生と死を扱ったものが多いからだよ。もう少し難しくいえば、現世と冥府を交錯させているんだ」

田島は、持参した翁の面を取り出してつけてみせる。

「君も知っているように、これが『翁』のシテ（主役）の面だ。面をつけた瞬間、神の化身、つまり冥府の主役になる。それが、面を外すと、人間に戻る。変身の場所は、能の場合、舞台になる。どう見ても、今、問題になっている現世から、冥府に行き、また現世に戻ってくる話と同じだ」

と、田島は、いう。十津川は、それに合わせるように、バッグから翁の面を取り出した。

「私も能狂言には、注目しているんだ。世阿弥の作品は、魔界を描いたものが、多いからね。面をつければ、冥府の神、外せば現世の人間という考えも秀逸だ。ただ、われわれ東京の人間は、それは能狂言の上だけで、人間が、現世と冥府を自在に往復出来るとは、思っていない。しかし、京都人は、能狂言のように現実の人間も、現世と冥府を往来出来ると考えている。それが不思議で仕方がない」

「多分、自分たちは、千年の古都に生きてきたという自負があるんだろう。今回の実験で、京都人も、それが、はかない幻想だったと気付く筈だよ」

と、田島が、笑った。

「果たして、そうなるだろうか？」

十津川が、首をかしげると、田島は、

「君が、弱気になっては困るよ。九月十日には、一緒に行動するんだから。あの世へ行って帰って来られるなんて、考えてないんだろう」

「それはない」

「なら大丈夫だ」

「実は、もう一つ、考えあぐねていることがあるんだよ」

「佐伯という雑誌編集者の死が、殺人かどうかということか？」

「いや。その問題は、殺人の可能性が出てきたら、冷静、厳正に捜査を進めていけばいいからね。私が心配しているのは、京都と原爆の話だ」

「何故、アメリカは、京都に原爆を落とさなかったのかという疑問だろう。そのことについて本を書いた京都人から、その本を贈呈されたよ」

と、田島が、いった。

「当時のアメリカ大統領トルーマンや、スティムソン陸軍長官たちが、京都は、日本の歴史や文化の中心だから、原爆を落としてはならないと忠告したので、京都が、原爆の目標から外されたといわれているのだろう」

「それに対して、京都人の一人が、嚙みついているんだ。アメリカ大統領やスティムソンの頑張りで、京都に原爆が落とされなかったというのは間違いで、アメリカは、最初から最後まで、京都を原爆の目標にしていたと主張している。そしてそれなのに、原爆が京都に落ちなかったのは、何故かと、問題提起している本だった」

「その説は、帝国ホテルでの討論会でも聞いたのでよく覚えている」

「それなら、別に問題はないだろう。第一、今回の現世とあの世の問題と、原爆問題とは何の関係もないよ」

と、田島が断定した。

「私には、そう簡単には、割り切れないんだよ」

と、十津川。

「どうして？」

「今回の現世、冥府問題が生じるのと、ほぼ同じ時期に京都から、原爆問題を取り上げる動きが出てきた。何処かで、連なっているような気がして仕方がないんだ」

「わからないな。京都に原爆が落ちて、十万、二十万の人間が死んでいたのなら、その膨大な霊を慰めるために、生き残った人間が、あの世に行きたいという話は、納得できるが」

と、田島は、いった。

結局、十津川自身も、原爆問題について、不安の理由が、確かではないので、そのまま、二人は九月十日の前夜に催される薪能の話に戻っていった。

3

六道珍皇寺の境内に、舞台が完成した。

篝火が焚かれ、京都人、東京人たちが、招待された。

十津川たちも、当然、招待状を貰って、出席した。

主催者から、薪能と、世阿弥の説明があり、「翁」が演じられた。

翁の面をつけた主役（シテ）が現れる。舞台上の翁は、神、創造主として現れ、翌九月十日の第三段階の旅を祝福したあと、面を取って現世の人間となって、退場する。

十津川は、この薪能主催者の平安さんの顔を見ていた。

彼は、隣りの京都市長と、笑顔で、何か喋っていた。

彼自身はもちろん、現世から六道珍皇寺の井戸を通って、あの世に行き、薬師寺の井戸を利用して、現世に戻ってくることが、可能だと、信じているのだろう。

この問題が、更にこじれたら、平安さん自身は、どうするつもりだろう。自ら、あの世へ行って見せるのか？

多分、そうせざるを得なくなってくるだろう。

そう考えた時、十津川は、新しい疑問にぶつかった。

（何故、人間は、京都人は、わざわざ、あの世、冥府へ行って帰ってくる必要があるのか？）

4

薪能が終わると、十津川たちは、その夜、五人一緒に、同じホテルに泊まって、翌九月十日の実験に備えることにした。

その夜、ホテルのバーで、乾杯をし、誓い合ったのは、次のことだった。

（絶対に欺されない。あの世があるとしても、それは死後の世界である。死後の世界に行って戻って来られる筈はないのだから、京都人の主張は、何処かに嘘があるにちがいない

のである）

翌日、十津川たち五人は、安倍と蘇我の二人を追うように六道珍皇寺の井戸に入っていった。井戸の中は、十津川や亀井、和田や田島も前もって調べた。かなり深いが、どこへ行くことも出来ないただの深井戸である。当然、壁を見て戻ってくるだけだと思っていたのだが、下りていくと不思議なことに、前に調べた時よりも深くなっていて先に下りていった蘇我と安倍の姿は消えてしまった。

底について、微《かす》かな光で周囲を見廻すと、壁が無くなっていた。底はトンネルの入口になっていた。

十津川は、トンネルの壁を手で触って、その感触を確かめていると、先に行く蘇我仲路から、

「早く来て下さい」

と、怒鳴られた。

トンネルは、かなりの広さで、長く続いているように見えた。薄暮《はくぼ》のような明るさだった。十津川と亀井は歩きながら、壁に触りつつ、その感触を確かめていった。

「かなり、古いですよ」

と、亀井がいった。

確かに、一か月や二か月で作られたものではなかった。十年、いやもっと古いかもしれない。

「少し急ぎますよ」

と、今度は安倍幽生が促し、足を速めた。延々と続くトンネルである。途中で九〇度直角に曲がった。その先も更に続く。どこまで続くかわからない長さが感じられた。

そのトンネルの長さに圧倒されながらも、十津川や田島、和田たちは、

「これは、明らかに、人工物ですよ」

「平安京の時代からこんなものがあったとは、とても思えませんね」

「いってみれば、地獄極楽を見世物にするような建物じゃありませんか」

小声で言い合いながら、少しばかり小走りになって進んでいく。

突然、前方で、

「ここがあの世へ通じる道になります」

と、安倍がいった。ここまで薄暮の様な薄明かりだったのが、周囲が、急に、眼にまばゆい光の洪水に変わった。

通路は緩い坂道になっていて、自然にゆっくりと歩く様になった。その前方は宮殿の様に見えた。

眼の前に、扉があった。その扉の前で五人に酒が振る舞われた。

「早くあの世へ案内してくれ」

和田がいうと、蘇我仲路が、

「ここにある扉は、時が来なければ開きません。よく、『地獄の扉が開く時』というでしょう。あれは別に、地獄の様に恐ろしい所という意味ではなく、あの世は、地獄も極楽もなく楽しい所ですが、心にやましい事がある人には、これが地獄に見える訳です。皆さんはたぶん、あの世が無いと思われているでしょうが、その狭い心のため扉の向うが地獄に見えるかもしれません。まず、このお酒を飲んで、心を安らかにしてから、あの世の扉が開くのを待ちましょう」

と、いう。目の前の扉には平安朝のものと思われる美しい彫刻がほどこされている。

最初、十津川たちは、用心して酒を飲まなかったのだが、なかなか目の前の扉が開かないので、少しばかり、退屈になってきて、酒杯に手を伸ばした。少し辛口の美味《うま》い酒だった。ただ、飲んでいる内に少しずつ気分が高揚してくるのを感じた。用心しているつもりなのに、何となく楽しくなってくるのだ。

「何を入れたんだ？」

田島が文句をいった。それに対して、安倍が、

「平安時代に渡来した媚薬《びやく》です。別に、死にはしませんよ。心が豊かになって、あの世が地獄ではなく美しく楽しい極楽に見える筈です」

と、いった。

やっと、扉が開いた。

途端に、音楽が流れてきた。琴やびわの音色だった。十津川たちは二人に案内されて、警戒しながら扉の向う側へ進んでいった。何か強い匂いが周囲に漂っていた。十津川は、

(何だろうか?)

と考えながら周囲に目を凝らした。どうやら、お香の匂いらしいが、それを嗅《か》いでいる内に少しずつ周囲の景色がぼやけてきた。琴やびわの音が、高く聞こえてくる。

音楽が次第に高く大きくなっていく。それに合わせる様に、十津川の意識が薄れていく。

亀井が傍で、

「やられましたよ!」

と、叫んでいるのが聞こえた。十津川は、手を伸ばして壁の一部をむしり取った。その途端に、気を失ってしまった。

何時間、気を失っていたか、わからない。誰かに名前を呼ばれて意識を取り戻した。い

つの間にか、あの世へ通じると称される扉の前で眠っていた。近くで亀井や田島たちが目を覚ました。遠くに琴の音、びわの曲が聞こえてくる。

大きな声で、蘇我が叫んだ。

「もう、あの世への扉は閉まりました。これから現世に帰ることにします。皆さんもあの世の美しさに酔ってしまって、眠ってしまったんですよ。いつかまた来る事もありますので、これからは現世に戻りましょう」

何故か、体全体がしびれている感じだった。妙な酒を飲まされたためだけではない。六道珍皇寺の井戸から入って、延々長いトンネルを歩いた、その疲れだろう。とにかく、あの世への扉は閉められていたので、蘇我と安倍の二人に案内されて、一旦現世に戻るより仕方がなかった。薄暮の明るさ。そのトンネルを歩きながら、十津川は右手で摑んだ壁の一部をそっとポケットへ移した。これが何なのか、後で調べればあの世の実態が明らかになるかもしれない。

長いトンネルである。このトンネルだけは造り物ではない。しかし、こんなに長いものを急に京都の地下に造れる筈はない。先頭を歩いていた蘇我と安倍の足が止まり、

「やっと、薬師寺の井戸に着きました。これから一人一人、ゆっくりと地上に出て下さい」

と、いう。

まず、東京のテレビ局のコメンテーターが井戸に入り、新しく作られた梯子《はしご》を登っていった。続いて十津川や亀井たちが促されて、井戸の奥から外へ出ていく。

まだ、九月十日午後の太陽が井戸の真上から照り付けていた。十津川たちが井戸の外に出ると、一斉に井戸を囲んでいた新聞記者や京都人、あるいは東京の新聞記者たち、テレビ局のカメラマンらがシャッターを切る。

井戸の近くに、特設の記者会見場が設《しつら》えられていた。そこには、平安さんの姿もあった。十津川たち五人は並んで座らされ、東京の新聞記者たちや地元京都の新聞記者たちから質問をされる事になった。最初は東京の新聞記者たちから質問があった。同じ記者という立場の田島に向って質問が集中した。

「実際にあの世はあったんですか？」

「それはわかりません。とにかくあの世への扉の前で、扉が開くのを待っていた。その時に飲まされた酒に酔いましてね。あの世へ踏み込んだのだけど、光と琴の音があふれていて現実の宴会場のように見えました」

「それならインチキじゃありませんか。酔わせて欺したんですよ」

「そうですね、しかしそれを証明するのは難しい」

「どうしてですか？」

「我々がハッキリと、酒など飲まずに気を張って、いわゆるあの世と称するものがどんな所なのかをこの目で見てきたら良かったのですが、今もいった様に、酒に酔い潰れてしまいましたからね」

「酔い潰すという行為そのものが、インチキの証拠じゃありませんか」

次の質問が警視庁の警部でもある十津川に集まった。

「井戸から消えた、その後の様子を話して下さい」

「私は六道珍皇寺で実際に井戸を下りています。その井戸は前に調べた時とは全く違っていましたね。井戸の底には薄暗いというか、薄暮のトンネルがあって、そこに、入っていったんです。長いトンネルでしたよ。その事に驚きました」

「そんな長いトンネルがある筈がない。地下鉄の中を歩かされたんじゃないですか？」

「地下鉄とは形が違いますよ。それに線路も無かった。電車も走っていなかった。あれは、明らかに人間が造ったトンネルです」

「おかしいな。京都の地図を見ても、どこにもそんな長いトンネルなんかありませんよ」

「それは、私も知っています。しかし、実際にあったんです。また、六道珍皇寺の井戸に入って、北の薬師寺のトンネルから出てきた事はハッキリしている。だから長いトンネルは実在するんです」

その後東京の新聞記者たちの質問が続き、次に京都の地元の新聞やTV局の質問が続いた。

京都人からの質問は、警視庁警部の十津川に集中した。

「とにかく、あなたの証言を、伺いたい。あなたは警視庁の現職の刑事です。今日見た事、体験した事を正直に話して下されば、我々京都人としても、あなたの証言を信用できるのです」

と、前置きしてから、

「さっき六道珍皇寺の井戸に入ったら、そこからトンネルが、延々と続いているといわれましたね。このことは間違いありませんね？」

「それは間違いありません。これは他の四人も同感だと思います。とにかく、こんなものがあると思えないのに、京都の地下に延々と続くトンネルを何キロ、いや十何キロも歩いて行ったんです」

「そのトンネルは、誰が、何の為に造ったと思われますか？」

「それは、わかりません。ただ、それを調べる方法はあるんです」

十津川はポケットから一摑みの石と、土の塊とを取り出して、テーブルの上に置いた。

「これは、今日行ったあの世と称される場所の壁をむしり取ってきたものです。ここにある石と土とを調べて貰えれば、いつ頃造られたものかわかる筈です。最近造られたものなら、見つけられる為に長い地下トンネルを掘り、あの世と称するものを、造ったんです」

十津川のその言葉で、一瞬周囲は静かになった。それから又、一斉に手が挙がり、質問が再開された。

「今、十津川さんがポケットから摑み出してテーブルに乗せたのは、間違いなくあの世と称する世界の壁からむしり取ってきたものなんですね？」

東京の新聞記者が念を押した。

「それは間違いありません。酒に酔って気を失う前に、夢中で摑み取ったんですから」

「それは、あの世の世界の壁でしょう？　六道珍皇寺の井戸から入ったトンネルと同じものですか？」

「たぶん、壁は同じものだと、思いますね。似た様な感触しかありませんでしたから」

十津川は、自信を持っていった。また、少しの沈黙があった。

あの世とのトンネルを造った証拠品が取り出されたという事で、京都人側も東京のマスコミたちも黙ってしまったが、そこへ平安さんが口を出した。

「これは、十津川さんのお手柄ですよ。今までは、とにかく現世からあの世へ行けるトンネルがあるとか、あの世に行ってきたという京都人に対して、東京の人たちはそんなことはあり得ないといい、否定をし合い、論戦ばかりでしたからね。そこに証拠品が出たんですから、慎重にいつ頃造られたものなのか、それを調べてみようじゃありませんか。現代か、あるいは二、三年前の石や土だったらこれは間違いなく京都人が人を欺すために造ったトンネルであり、逆に、平安時代の石か土あるいは粘土となれば、当時からあの世へ行くトンネルがあり、そしてあの世と往来していた事が、ある程度証明されたという事になりますからね。これは京都だけで調べるのではなくて、今流行《はや》りの委員会を作って、調べる様にしようじゃありませんか」

と、平安さんが提案した。

平安さんの指示で、委員会は、すぐに結成された。

その委員会は、東京人三人と京都人三人で構成された。しかも委員長には東京人が選出された。それに京都人らが文句をいわなかった事が、十津川には不思議に思えた。

十津川が持ち出した石や土、粘土を調べれば、あのトンネルやあの世と称するものがいつ造られたかわかってしまうのである。

十津川は、自分たちが、歩かされたトンネルやあの世が最近になって造られたものだと考えていた。それなのに、なぜ京都人側が委員長を東京人に任せたのか。

「完全な自信ですよ。何故自信があるのかは私にもわかりません」

亀井が十津川にいった。

十津川と中央新聞の田島、雑誌編集長の和田はその委員会の委員になった。田島が同じ様な事をいった。

「いくら京都の歴史を調べたって、町の地下に東から西へ向ってあんな長いトンネルがあるなんて事は、どんな資料にも載っていませんよ。とすれば最近になって京都人が摩訶《まか》不思議な能力を持っている、京都の町が魔都だという事を証明する為に、慌てて造ったとしか思えない。君の持ってきた石や土や粘土を調べれば、いつ頃のものかわかってしまい、そうなれば負けるとわかっているのに、何故、京都人たちは委員会に賛成し、東京人を委員長にしたのかわかりませんね」

「例の平安さんも、賛成した。というよりも委員会を作った張本人ですからね。あの人も純粋な京都人だから、どうして賛成したのか不思議ですよ」

それに対して、田島がいった。

「あの平安さんは、今回のことで、考える事があったんじゃありませんかね」

「どういう事ですか？」

と、和田がきく。

「どう考えたって、現在の人間が現世から冥府に行って帰って来られる訳ないでしょう。だから調べれば負けとわかってしまう。それで、平安さんは何とか負けを小さくして京都人が馬鹿にされない様、妥協を考えたんじゃないかな」

「それは考えられますね」

と、和田がいった。

「こちらが勝ったら、絶対に、佐伯の遺体をもう一回調べ直して、京都府警に京都人を告発してやりますよ」

和田が声を大きくした。

5

問題の、石と土と粘土の分析は京都ではなく、大阪府警科学捜査研究所に依頼する事になった。京都の研究所で調べたのでは、東京のマスコミが信用しないと考えられたからである。

分析は慎重を期したのか、一週間以上も続いた。京都以外、東京でも大阪でも、今回の論争は誰もが知っていて騒いでいた。

分析結果が出たのは、九月十九日だった。結論は簡単だった。石も、土も、粘土も最近のものではなく、少なくとも七十年から百年は経ったものである。同じくその壁も最近のものではなくて、七十年から百年以上昔に造られたものである。それが大阪府警科学捜査研究所からの報告だった。

報告書には次の様な付記があった。

「何年以上前の物かという事は、現在の科学捜査では具体的な数字が出ない。しかし、七十年から、百年以上前の物である事、あるいはそれ以前のものである事は考えられる。少なくとも、最近造られたものでない事ははっきりしている」

百年以上前、あるいは何百年も前の物かどうかは断定しにくいという事でもある。

それでも京都の地元新聞は、

「京都人の勝利」

と、一斉に、報道した。少なくとも現代に造られたものではない事がハッキリしたという事は、京都人が信じる、現世から冥府への往復が可能である事を八十％証明した事になる、と書いたのだ。

もちろん、東京の記者たちは、それが、現世と冥府を往復できる事にはならないと反論した。しかし、彼等は一様に元気が無かった。現代に造られたものではない事、少なくとも七十年から百年ぐらい前に造られたものである事が証明されたからである。

特に和田はがっくりしていた。この結論では佐伯編集者の死を「殺人」として京都府警に告発する事が難しくなってしまったからである。

「どうしますか?」

と、亀井が十津川にきいた。

「九月十日に警部や田島さんや私たちは、京都の地下トンネルを歩いた訳でしょう。トンネルは実在するんです。何故そんなものがあるのか、その理由がわかれば、ひょっとすると我々が、勝てるかもしれませんよ」

「もう一度調べてみよう」

と、十津川もいった。

京都は十月の時代祭《じだいまつり》の準備で忙しかった。六道珍皇寺の井戸や、薬師寺の井戸は閉鎖されてしまった。そこで、二人は京都の図書館に行き、京都の歴史について書かれた資料や本を片っ端から調べる事にした。あの地下道を実際に歩いたのだから、実在する事は間違いない。しかも六道珍皇寺の井戸から、西の薬師寺の井戸までは十数キロも離れている、長く延びたトンネルである。そんな大きなものは京都の事を書いた本や資料に載っていなければおかしいのである。

そこで二人で、調べ始めたのだが、何故か京都のほぼ中央を東西に走るトンネルが記載されている資料は見つからなかった。本と資料を調べる内に疲れてきて、目がチカチカし始めた。細かい地図や図面を、何時間も見続けていたせいだろう。

十津川は目を閉じて、少し休む事にした。うつらうつらしている十津川の耳に、亀井が誰かと話をしている声が聞こえてきた。和田の声だった。

「今のままでは私の負けになります。それでは京都で死んだ佐伯に申し訳ない。そこで私は、一つの提案を平安さんにしてみました」

と、和田がいっている。

「何を提案されたんですか？」

と亀井。

「十津川警部があのトンネルに入り、あの世と称する場所の壁の一部を、剝ぎ取ってきて、それが七十年から百年以上前のものと証明されました。そこで私をもう一度、トンネルに行かせて欲しい。どこか壁の一部を剝ぎ取ってくる。それをもう一度、今度は、東京の科捜研で調べて貰いたいのですよ。もしそれが、現代のものだったら我々の勝利だし、百年近くも昔のものだとわかれば、敗北を認めます。そう提案したんです。そうしたら平安さんは、気持ちよく賛成してくれましてね。六道珍皇寺の井戸から入って、薬師寺の井戸から出て来る事を許可されました。但《ただ》し一人ではいけない。公平を期して、安倍幽生さんと二人で、六道珍皇寺の井戸から潜ってみる事にしました。トンネルのどこかの壁をむしり取って戻って来ます。確か十津川さんの剝ぎ取ってきたのはあの世に入った所、ですから私は薬師寺に近いトンネルの辺りで壁の一部を剝ぎ取ってきます。それを今度は東京の科捜研で分析してもらいたいんです。そこは、十津川さんにお願いしたい」

「勿論です。十津川警部だって真相を明らかにしてもらいたい筈ですから」

と、亀井が約束しているのを、十津川はうつらうつらしながら聞いていた。

6

十月に入った最初の月曜日。十津川や京都の地元の新聞記者たちに見送られ、和田と安倍晴明の子孫と称する安倍幽生の二人が、六道珍皇寺の井戸に入っていった。

その邪魔をしてはいけないというので、すぐさま井戸には覆いが被せられた。後は二人が薬師寺の井戸から出て来るのを待つばかりである。十津川と亀井はその後、バスで嵯峨野の薬師寺へ向った。

十津川たちや東京の新聞記者、あるいは地元京都の新聞記者たちが見守る中で、和田と安倍の二人が薬師寺の井戸から出て来た。和田が十津川たちに向って、指で丸い輪を作ってニッコリ笑って見せた。

和田がポケットからビニール袋に入れた物を取り出して、二人に見せた。薬師寺近くのトンネルの壁から剝ぎ取った石や土、粘土である。その量は十津川の時の倍以上あった。十津川は密かに剝ぎ取ったのだが、和田の方は堂々と壁を壊して剝ぎ取ってきたからだろう。それはすぐ、東京の科捜研に送られた。

この分析も慎重を期して、十日間も掛かった。その間、十津川や亀井や和田たちも京都に残っていた。

十日後に東京の科捜研から分析の結果が報告されて来た。最初に報告が届いたのは、京都に作られた委員会である。分析結果は簡単な文章で示されていたが、その言葉は十津川に衝撃を与えた。

「提供された石、土、粘土などを調べた結果は、今から八百年から千年前の物と証明されます。何時代という断定は出来ませんが、少なくとも現代の物ではなく、九百年前後の古さを持った物と結論が出ました。この結論に間違いはないものと思われます」

その結果を、京都のＴＶや地元新聞は大きく伝え、東京の新聞やＴＶはそれより一回り小さく伝えた。しかし、記事の大小はあっても結論は同じである。問題のトンネルは八百年から千年前に造られた物だと立証されてしまったからである。それは間違いなく平安時代である。平安時代に造られている地下トンネルだとすれば、それを使って、小野篁や、僧侶や白拍子たちが自由に、現世と冥府を往来していたとしても、おかしくはない事になってしまう。

十月二十二日、時代祭。京都の三大祭りの一つである。三大祭りの中では最も新しい祭りで、年代順に京都を代表する人物たちがゆっくりと、都大路を歩く。

今年はその先頭に、小野篁の装束を着けた長身の京都の青年が歩く事になった。京都人が、それで何を示そうとしているのか、はっきりわかるような祭りになっていた。

小野篁は平安時代、昼は京都の都に仕える官吏だが、夜は六道珍皇寺の井戸を通って冥府へ行き、閻魔大王の下で働いていた、その事で有名な人物である。それを時代祭の先頭で歩かせるのは明らかに、東京のマスコミとの論争に勝った印を祭りの中で示そうとしたのだろう。

一旦、東京に帰っていた十津川と亀井は、時代祭の日に合わせて、再び、京都に来ていた。三大祭りの中で最も新しいといっても一八九五年、延暦《えんりやく》一三（七九四）年に長岡京から平安京へ遷都されて千百年を記念して、創建された平安神宮の例祭である。この時代祭は厳密な時代考証をした装束や人物を見せる祭りである。

先頭に小野篁が登場したのは、彼が歴史的に実在の人物であり、役人としても歌人としても、有名な人物だったからだろう。そして勿論、東京との論争での勝利を示す為に今回の時代祭に際して、行列の先頭を歩かせる事にしたに違いない。

十津川と亀井は、平安神宮の本殿前に設けられた桟敷《さじき》から、目の前を進む時代祭の行列を眺めていた。肩を叩かれて振り向くとそこに和田の顔があった。

「癪《しやく》に障《さわ》りますが、来てしまいましたよ。新聞に、今日の時代祭は、あの小野篁に扮した人物が先頭を切るという記事があったので」

と、和田がいう。

行列が通り過ぎた後、三人で近くのカフェで一休みする事にした。

「今回の件については、どうにもスッキリしません」

和田がいった。

「しかし、京都には現世からあの世へのトンネルが実在することがわかったんです」

と、十津川がいった。

「しかし、どう考えても現実の人間が六道珍皇寺の井戸から入ってあの世へ行って、また薬師寺の井戸から戻って来るなんて、信じようがありませんよ」

と、和田がいった。

「そうですが、今の段階では反論のしようがありませんよ」

亀井がいう。

「十津川さんはどう思っていらっしゃるんですか？」

和田がきいた。

「科学的あるいは物理的に考えれば、どんなルートをとったにしろ、現代人があの世へ行って帰って来られる筈はありません。しかし、それに反論するのが難しいです。何しろ地下トンネルが実在しますから」

「十津川さんに聞きたいんですが、十津川さんが長いトンネルに入った時、証拠品として壁に埋まっている石や土や粘土などを持って来ましたよね」

と、和田がいう。

「正確にいえば、トンネルの壁ではなくて扉の向うのあの世の壁ですよ」

「確かにその時は、七十年から百年経っている石であり、土であり、粘土だったと大阪の科捜研が報告してきました。その後、私が安倍晴明の子孫と一緒に井戸に潜った後、薬師寺近くのトンネルの壁から、石と土と粘土を持って来ました。少しでもそれが新しいものであれば、京都人に勝てると思ったのですが、八百年前から千年前の間の石や粘土だと、東京の科捜研に報告されて逆に東京の旗色が悪くなってしまいました。あれは、私の失敗でした」

「そんな事はありませんよ」

「問題のトンネルが今から八百年から千年も前に造られている事がわかってしまったんですよ。間接的にですが、小野篁が平安時代に都の役所で昼間は仕事をし、夜になるとトンネルを通って、あの世で閻魔大王の下で働いていた、そんな途方もない物語に真実味を持たせてしまったんです」

「実は、私が密かに考えている事があるんですよ」

と、十津川は、わざと声を落としてみせると、

「それは何ですか?」

和田が、目を光らせた。

「私が持ち帰った石や粘土や土は、今から七十年から百年以上前の物だと証明されました。その時に、昭和二十年の八月十五日に戦争が終わってから今までに七十四年が経っている事を思い出したんです。つまり、私が持って来た資料の石や土や粘土は今から七十年から

百年以上前の物、その中には時代的に見て七四年前の終戦の時間も含まれているんです。別にそれが、我々にどう有利に働くかわかりませんが」

「しかし、京都は原子爆弾の投下も無かったし、アメリカ人の協力で戦火を免れた。つまり千年の都、その歴史が守られたんです。そんな京都が、戦時中にあんなトンネルを掘る訳がないじゃありませんか。そんな必要はなかったんですから」

と、和田がいった。

(果たして、そんなに平和だったのか?)

十津川は考え込んでしまった。

第六章　京都的思考の不思議

1

「発見したよ」

と、十津川が、いきなりいって、田島を驚かせた。

「何を発見したんだ？」

田島が、眉を寄せて、きく。

「まあ、これを見てくれ」

十津川は、一枚の地図を田島の前に広げた。京都の地図である。

南は西本願寺《にしほんがんじ》あたりから北の嵯峨野近くまで黒い線が延びている。これが縦で横の線はほぼ京都の中央部あたりに二本、延びている。その一本は六道の辻辺りまで黒い線が描かれていた。

「もしこの黒く太い線が地下トンネルならば、六道珍皇寺の井戸から入って、この線を伝っていけば嵯峨野の薬師寺の井戸まで辿り着く事が出来るかも知れない」

と、十津川が、いう。

「しかし、これは実在するのか？　君が勝手に地図の上に描いた線じゃないんだろう？　一体これは何なんだ？　教えてくれ」

田島が怒った様な口調でいうと、

「京都には、細い道路もあれば広い道路もある。例えば南北に走る堀川通《ほりかわどおり》なんかは、かなり広い。横に走る三条、四条、五条もかなり広い通りになっている。どうしてあんな広い道路があるのか考えた事があるか？」

と十津川がきいた。

「勿論あれは、平安京の時からの道路だ。桓武《かんむ》天皇が中国の長安に倣《なら》って、碁盤の目の様な道路を造った。だから、その時からかなり広い通りがあったんだ」

「誰もがそう考える。しかし違うんだよ」

と、十津川はいい、続けて、

「例えば堀川通だが、平安京の時からあんな広かった訳じゃない。明治、大正、昭和と、もっと狭い道路だったんだ。ところが太平洋戦争になり、戦局が切迫して京都が空襲に遭う可能性が強くなった時に、空襲に備えて京都は主な市内の幹線道路を広げたんだ。建物疎開だよ。道路沿いの家を強制的に疎開させて、その分道路を広げたんだ。だから堀川通は広いし、四条、五条といった通りも昔の京都に比べれば、建物疎開をした分広くなっている」

「そうすると、この地図は戦争中、建物疎開をして広げた後の地図なのか？」

「そうだよ。京都市から借りてきたんだ」

「それなら別に問題のトンネルとは関係ないじゃないか。ただ、戦時中に空襲に備えて通路を広げた。それだけの地図だろう？」

「それが、少し違うんだ」

「どう違う？　説明しろ」

田島は、やたらに急《せ》かせる。

「空襲に備えての道路拡張だから、同時に、各家庭は、防空壕を作れという指示も出された。身を守るための防空壕だ」

「しかし、それは、各家庭が、勝手に作ったんだろう？」

「だが、京都の家はやたらに細長いから、防空壕を作るのは難しい。そこで京都人はどうしたか。道路が広がった、その部分に防空壕を掘った。堀川通についていえば、六十メートル拡張された道路の下に、南から北まで、防空壕を作っていったらしい。ずらりとタテに並べてだよ」

「一直線にか？」

「そうなんだ。だから、その後は、私がいわなくても想像がつくだろう？　その防空壕を穴をあけて繋げば、北から南まで一直線のトンネルが出来るんだ。東西の道路拡張の場合でも同じ事がいえる。繋いだ方が逃げ場が広くなるし、一つ一つの経費も安くなる。だから敗戦直前の京都市民は、そうやって防空壕を作った」

「ちょっと待ってくれよ。確かに理屈としてはそうだが、各自、家族構成も違うんだ。同じ様な大きさの防空壕を作って、それを繋げていく事など出来ないんじゃないのか」

「それが出来たと思うんだ」

「なぜだ？」

「それは、彼等が京都人だからだよ」

「よく、わからないな」

と、田島が首をかしげる。

「これは、典型的な京都人といわれる蘇我さんに話を聞いたんだが、京都人は戦争が終われば防空壕なんか要らなくなる、とは思っていなかったんだ」

「どうして、そう思わず、しかも防空壕を繋いだままにしておいたんだ？」

「それは私が話すよりも、蘇我さんに話をして貰った方が良いと思う。蘇我さんのご両親も建物疎開にあって、その時、みんなで考えて防空壕を作り、隣の防空壕との境に、穴をあけた事があるといっていたからね」

と、十津川がいった。

2

出版社の編集長の和田も誘って、三人で堀川通にある蘇我邸を訪ねた。そこには、いかにも蘇我邸らしく、白の壁には陰陽道の印が描かれていた。

蘇我はまず三人を奥座敷へ案内し、お茶の接待をした後、今度は問題の防空壕に案内した。きれいな地下室だった。

「この部屋は、戦争末期に拡張された道路の下に、町衆たちで大きさなどを決めて作られた防空壕です」

と、蘇我がいう。

「その防空壕を、南から北まで並べて作り、穴をあけ、通り抜けられるようにしたんですか？」

「もちろん、そうしました」

「何故です？」

田島が、きく。

「京都らしい遊び心ですかね」

「真面目に答えて下さいよ」

和田が、声を尖《とが》らせると、蘇我は、笑いを消して、

「京都人はね、昔から国とか政府とか、お役人のいうことは、信用しないんですよ。防空壕を作れと命令したって、セメントを用意してくれる筈もないし、材木をくれることもない。自分たちで、穴を掘って、板で屋根を作ったって、直撃弾を受ければ、一瞬にして、一家全滅ですよ。それなら、壁に穴をあけて、隣りの壕と繋げれば、助かる可能性は、二倍になる。更に、どんどん繋いでいけば、確率は、高くなりますからね」

「どうして、そんな考えを持ったんですか？　京都人だからですか？」

十津川が、きく。

「京都が千年の都だからです」

と、蘇我は、真顔でいう。

「華やかな千年の歴史ですか」

田島がいうと、蘇我は、激しく首を横に振って、

「京都の歴史は、権力者との戦いの歴史でもあるんです。彼等によって、何度も、京都は、焼かれ、人々は死んでいます。一四六七年から十一年間にわたる応仁・文明《ぶんめい》の乱が有名ですが、それ以前だって、平清盛《きよもり》の、一一七七年の鹿《しし》ヶ谷《たに》の陰謀、一一八〇年から六年間にわたる治承・寿永の内乱がありました。源平合戦といわれますが、この戦乱で、内裏、大内裏、公家邸が破壊され、平安京の面影が消えたといわれました」

蘇我の話は、熱っぽくなって、続いた。

「そして、応仁・文明の乱です。時の足利義政《あしかがよしまさ》将軍が、暗愚だったため、その後釜を狙って、細川勝元《ほそかわかつもと》と山名《やまな》持豊《もちとよ》の二人が、東西に分かれて十年以上も争った戦争です。放火、略奪が横行し、そのため、京都の大半が焼失しました。ところが、公家も武家も、京都を再建するだけの気力も政治力も経済力もなく、そのため町衆が、京都の町を再建したのです。維新前夜にも、同じようなことがありました。一八六四年に、長州藩が、京都での覇権を争って、会津、薩摩両藩と戦っています。いわゆる蛤《はまぐり》御門《ごもん》の変（禁門の変）です。この時、京都の二万八千戸が、焼失しています。この時も、どの藩も京都の再建に手を貸さず、

町衆が、自らの力で、再建したのです。権力者たちは、何故か、京都を目の敵《かたき》にするんです。昔も今もです。多分、千年の都というか、日本で、一番歴史があり、最も美しいといわれる京都を打ち負かそうと、権力者は、考えるんでしょうね」

「それは、太平洋戦争もですか？」

と、十津川が、きいた。

蘇我が、今も、アメリカは、京都に原爆を落とすつもりだったと、主張し続けているからである。

「もちろんです」

蘇我が、きっぱりという。

「アメリカで、第一回の原爆目標検討委員会が開かれた時、全員一致で、京都に決まったんです。アメリカの権力者も、日本の権力者と同じで、日本で最も歴史が古く、最も美しく、最も文化に富む京都を征服してやろう。そうすれば、日本人も、完全に参るだろうと考えたんですよ。アメリカ大統領のトルーマンも、陸軍長官のスティムソンも、そう考えていたんです。戦後になって、日本文化が好きだから、京都を目標から除外したなんていわれましたが、口から出まかせですよ。いいカッコしたいだけです」

蘇我は、持論を展開する。

「しかし、京都は、原爆も落とされなかったし、応仁の乱みたいに、焼け野原になることもなかったわけでしょう。それでも、この防空壕というか、トンネルを、壊そうとはしないんですか。法律的にみると、建物疎開で、国に売り渡した土地なわけでしょう」

和田がいった。

「まず、建物疎開について、答えましょう。確かに、昭和十九年の末頃から、昭和二〇年にかけて、国は、空襲の被害を少しでも小さくしようと内務省令で、建物疎開を始めました。拒否できないものでした。その買取り値は、驚くほど安いものでしたが、戦争中ですから、協力しました。それにも拘わらず、全額は払われず、半額や、三分の一しか払われなくて、訴訟に持ち込んだこともありました。だが、その結果が出る前に、終戦になってしまったのです。ですから、我々としては、あの土地は、国のものとも我々のものともわからないと思っているのです。次は、防空壕、トンネルを壊さない理由です」

蘇我は、ここで一息ついてから、

「確かに、今回の戦争では、京都が火の海になることは、ありませんでした。というより、ほとんど、空襲はありませんでした。原爆も落ちなかった。しかし、京都人は、楽観はしないのです。また、戦争があり、また、京都が狙われると、我々は信じているのです。平和より戦争の方が楽だからですよ。簡単に戦争になるんです。そうなれば、今度こそ、京都であるという理由で原爆を落とされ、焼け野原になります。だから、防空壕は壊さず、丁寧に手を入れて戦争に備えているんです」

「本気で、また戦争があると思って備えているんですか？」

「もちろんです。あの悲惨な太平洋戦争の終末を見れば、よくわかるでしょう」

蘇我は、十津川たちの顔を見返した。

「日本人が、次の戦争に入っていくとは、とても思えませんが」

「太平洋戦争で、日本は、初戦に連合艦隊を総動員して、ハワイ真珠湾を空襲、大成功を得た。それなのに、空襲の恐ろしさを自分のものとは思わずに、日本本土が同じ様に空襲されたらどうなるか、とは考えなかった。それだから、戦争四年目の昭和十九年の中頃になって、B29の空襲が始まると慌てふためいてしまった。日本も一応、空襲というものを予期して昭和十二年頃に『防空法』というものを作っているんですよ。しかしそれは、杜《ず》撰《さん》なもので、例えば第一が灯火管制ですからね。第二が消防、そして第三が、敵の飛行機が毒ガスを撒《ま》くんじゃないかという事で、防毒マスクを用意しろと、呑気《のんき》な防空法ですよ。第四段階になって、初めて避難という言葉が出てくるんです。それで、空襲を防げると思っていた。ところが、昭和十九年の六月になって、アメリカのB29による空襲が始まった。昭和二〇年三月十日にはあの東京大空襲があって、十万人の人間が死んだ。そうした事があって慌てて考えたのが、建物疎開です。日本は木造家屋が多い。そのうえ密集していますからね。焼夷弾による絨毯《じゅうたん》爆撃をされたらひとたまりもない。建物を疎開させるわけではなくて、建物を壊して空き地を作る。道路の幅を広くする。それで延焼を防ぐ。これは内務省が考えたもので、実行に移す為に昭和二〇年には、集中して物凄《ものすご》い数の家屋が疎開を命令されています」

と、蘇我は、いい、それをメモにして、十津川たちに示した。確かに、その数は恐ろしいものだった。

東京　二〇万七〇〇〇
大阪　八万二五〇〇
福岡　四万一〇〇〇
神奈川　三万五〇〇〇
愛知　二万九〇〇〇
兵庫　三万一〇〇〇
広島　二万一〇〇〇

京都は、京都府としては二万戸。京都市だけを見ても、一万戸を超す家屋が内務省の命令によって、建物疎開を強制されたのである。

「建物疎開という名前ですが、しかし、その建物を別の場所に運んで建て直す訳ではありません。壊すんですよ。壊して道路を広げたり、空き地を作ったりする。それが建物疎開です。京都も他の大都市と同じ、一万戸を超す家を壊されましたが、他の大都市と京都が決定的に違っていた点があるのです。わかりますか？」

と蘇我が三人を見た。

三人は顔を見合わせていたが、田島が、

「あ、そうだ。京都はほとんど空襲を受けなかったんだ。そうなると、一万戸も、いや一戸も壊す必要はなかったんだ」

「その通りです」

蘇我がニッコリして、

「全く無かった訳じゃなくて、二度だけB29の空襲を受けていますが、それ以外はほとんどありませんでした。だから今、田島さんがいった通り、京都市の場合は建物疎開の必要は無かったんです。京都の場合は自殺疎開というべきです。もう一つ、京都がほかの大都市とは違ったことがありました。建物疎開に対する京都市民の対応です」

と、蘇我が続ける。

「ぜひ、それを教えてもらいたい」

十津川がいう。

「いかにも、京都人らしいという対応は二つありました。一つは内務省が命令して、例えば御池通《おいけどおり》の建物疎開が命令される。実際に、八〇五戸の家が疎開させられていたんですが、御池通南側の道路を広くする為に建物疎開が命令されたとします。そうすると、指定された日に移動しなければならないので、朝から大変ですよ。家財道具を手押し車に積んで動き廻る訳です。ところが、その騒ぎが収まって、その人たちがどこに行ったかといえば、同じ御池通にいるんです。つまり、南側の建物が壊されると荷物を持って、住人たちは今度は御池通の反対側、北側に行って空き家を探し、そこへ入ってしまうんです。京都には大会社が無くて、ほとんどが中小企業だった事が影響しています。戦争が激しくなって、家の男たちが召集されてしまうと、中小企業ですから仕事が成り立たなくなってしまう。だから家を閉める。それで、空き家が幾つも生まれていたんです。そこへ移る訳です。ですから『疎開』ではなくて『移動』ですよね。といっても、建物疎開には変わりないから、内務省も文句はいえなかったんです。上京区《かみぎょう》の建物疎開の中で、八十二％が同じ上京区内に移動しているんです。それが上手《うま》くいったのは、空き家が多くあった事もありますが、自衛の為の自治会が働きました。応仁の乱の後、随分昔の事ですね、町を守ろうと出来て、それを『町組《まちぐみ》』と言いました。後の町衆ですね。彼らが建物疎開を命じられた人たちを助けて、どこからか空き家を探してきて、そこへ移すんです。だから八十二％もの世帯が建物疎開があったにも拘わらず、同じ区内に移っただけなんです。

もう一つ。これはさっき、皆さんと話した事ですが、内務省が空襲に備えて各家に防空壕を作る様に命令していました。しかし個人が作った防空壕などほとんど役には立ちません。何せコンクリートで固める訳でもないし、粗末な作りだから直撃弾を受ければ全員死んでしまうんです。そこで国も気付いて、大きな防空壕を各都市に作ろうと考えました。頑丈に作り、何人もの人間がそこに避難できる様に。しかし、戦争が長く続いて、既に予算も無いし、資材も無い。だからほとんど、出来ませんでした。それに対して京都の人たちは、道路拡張で建物疎開となると、逃げずに地下、道路の下に防空壕を作ってしまった。ただし、今もいった様に個人の防空壕では危なっかしい。逃げられませんからね。そこで隣の防空壕との間に穴をあけて通れる様にしたんです。こうすると内務省の役人は気が付かないし、個人の防空壕でも避難の役には立つんですよ。とにかく南から北まで延々と防空壕が繋がっていて、そこを走って逃げられる訳です。建物疎開で、道路が広がっても当時は食糧が無かったので畑なんかを作って、サツマイモとかを植えていましたから、その下に南から北あるいは西から東へ通じる長いトンネルが出来ている事に気が付かなかった。そのうえ、京都はほとんど空襲がありませんでしたからね。ゆっくりと、その防空壕というよりもトンネルを補強していけた訳です。戦後になっても七十年間、補強していった訳ですから、立派なトンネルになっていった。内務省から戦争中、建物は取り上げられたが、それが防空壕として残り、現在は長い東西南北に繋がったトンネルになっている訳です」

「しかし手作りのトンネルは、歴史のないトンネルでしょう？」

田島がいった。

「いや、そうでもありませんよ。京都は三度都が変わったといわれています。つまり、古い三段階に分かれた地層がある訳ですよ。京都の人たちは、その三段階に分かれた地層にある石や土、泥などを使ってトンネルを補強してきましたからね。東京の人たちが何とかして現代のトンネルである事を証明しようとして、壁の石や土などを摑んで科捜研に調べさせた事がありましたよね。ですが今いった様に、京都の地層自体が三つに分かれていて、各年代の古い石や土などが発見されて、東京の人たちの探求心は見事に外れてしまった訳ですよ」

蘇我は嬉しそうに笑った。

「しかし、トンネルはトンネルですよ」

と、田島が続けて、

「あの世に通じている筈はないじゃありませんか」

それに対して、蘇我の答えは、こうだった。

「さっきもいった様に、応仁の乱の後、京都の人たちは自衛のために町衆を作って権力者に対抗した。応仁の乱の時、京都は戦場になり焼き払われて、至る所に死体が転がっていたんです。その為、平安京の、南の入口である羅生門《らしょうもん》も崩れてしまい、百鬼夜行《ひゃっきやぎょう》の棲み場所となっていた。それを芥川龍之介《あくたがわりゅうのすけ》が書き、映画にもなりました。

京都の町から一歩出ればそこには死体が転がっていたんですよ。地獄に行かなくても、一歩歩けばそこに地獄があったんです。あの世があったんですよ。よく一条戻橋《いちじょうもどりばし》は現世とあの世との境といわれますが、そういう意味でいっているんです。だから一条戻橋を渡れば、そこには至る所に、死体が転がっていて、現世の地獄を見る事が出来た。そこから戻って来てホッとする。誰もがその気さえあればあの世を見て帰って来られたんですよ。これは、応仁の乱の後だけじゃありません。何年も何回も京都は戦火に遭いました。その度に焼かれ、多くの死者が出て現世の地獄が、あの世が現出したんです。明治維新の直前の蛤御門の変もそれです。あの時も京都の三分の一ぐらいは焼け野原になりました。そこで多くの死者が出て地獄が現出されたんです。また地獄、あの世が現れた。その時には誰もが歩いて地獄を見、あの世を見る事が出来たんです。そして今回は、戦争です」

「しかし太平洋戦争では、奇跡的に京都はほとんど空襲を受けていないでしょう？」

今度は和田が詰め寄った。

「確かにその通りで、主な空襲は二回しかありませんでした。馬町《うままち》の空襲は一九四五年、昭和二〇年の一月十六日にありました。京都市東山区《ひがしやま》に、B29が二百五十キロ爆弾二十発を投下して火災が発生し、死者四十一人、負傷者五十人。家屋の全壊二十九戸、半壊百十二戸という被害を受けています。調べてみるとこれは、B29が、名古屋の空襲に飛来したが、天候不良で爆弾を投下する事が出来ず、マリアナ諸島のテニアン基地に引き返す途中、京都上空で爆弾を投下した訳です」

「それなら、太平洋戦争では京都の人たちは酷《ひど》い地獄を見ていないじゃありませんか」

と、和田が詰め寄った。和田の言葉に合わせて、十津川と田島も蘇我に向って、

「あなたは、京都に原爆が落とされる筈だったと主張されていますが、実際には落ちていない。それなら、太平洋戦争に限り、今、和田さんがいった様に京都人は地獄とあの世を見た訳じゃない。そうでしょう」

「皆さんが、京都に原爆は落とされる筈はなかったというのは、トルーマンとかスティムソンとかが戦後になっておためごかしに、自分たちは京都の歴史や文化、それが大事なも

のだと思っていたから、京都は原爆の目標から外したんだと主張する、あんな嘘を信じているからでしょう。

しかし私や京都人の多くは、そんな美談は信じていないんですよ。最初から最後まで京都は原爆の標的になっていた。そう固く信じているんです。そして、原爆が落とされたら京都は山に囲まれた盆地ですから、長崎や広島よりも大被害を受けて、文字通り京都という町が消え、地獄やあの世が現出されたと私たちは信じています」

3

この後も、三人と蘇我の間で、京都は果たして原爆の標的だったかどうかについての論争が続いた。蘇我が持論を繰り返す。

「原爆投下の計画が立てられ実験が繰り返されている時、既に目標検討委員会が開かれています。その目標検討委員会で、標的となったのは京都です。これはアメリカの資料にもはっきり書かれていた。その理由については『京都は日本人の文化の中心である。そうした日本の文化的な主要都市を原爆によって破壊すれば、日本人も敗北を認めて降伏するだろう』とある。これがその時の、京都を標的にした理由なんですよ。つまりアメリカ人は京都が日本の文化の中心であり、日本の歴史そのものだからこそ、京都を原爆によって破壊しようとしたんです。今も、このアメリカ人の意識は変わらないと思いますよ。アメリカは何といっても歴史が浅いから、歴史というものに劣等感を持っていて、なおさら、古都京都を標的にしたんです」

「しかし、実際には京都に原爆は落ちていませんね」

十津川も、同じ主張を繰り返す。続けて和田が、

「私も、最初に目標検討委員会が京都を第一目標にしたのは知っています。しかし、その事に驚いた陸軍長官のスティムソンが、すぐ大統領のトルーマンに会って、京都の文化を破壊してはいけない、そんな事をしたら未来永劫、日本人がアメリカを憎むようになる。そういって、標的から外すようにトルーマンに要請したといわれています。その後実際に、京都は標的から外れて、京都の代わりに広島と長崎が標的になったんです。これはハッキリしていますよ」

と、いった。

「陸軍長官のスティムソンが、トルーマンに陳情し、トルーマンも京都を標的から外したという訳でしょう？　そういう話ですよね。しかしその話は全く信用できませんね」

と、蘇我が反対する。

「どうして信用できないんですか？　アメリカの大統領ですよ。彼が陸軍長官スティムソンの要望を受けて、京都を標的から外した。その後、実際に京都には原爆を落としていませんからね。嘘だという事は出来ないんじゃありませんか？」

と、田島。

「八月の六日、広島に原爆が落とされた時、三発目の原子爆弾が完成していたといわれています。広島と長崎にまず原爆を落として、それが成功したら最後の三発目の原子爆弾は本命の京都に落とす事になっていたのではないか。実際には終戦の日、昭和二〇年八月十五日、アメリカ時間では前日の十四日になる訳ですが、その日の朝三発目の原爆を搭載したB29がマリアナ諸島のテニアン基地を離陸しているんです。その機長は『標的は京都だ』と明言しているんですよ。だからその日、八月十五日に天皇の玉音放送が無ければ、三発目の原爆は本命の標的、京都に落とされていたんです」

「それは、確たる証拠がある訳じゃないでしょう？　確かに三発目の原子爆弾が完成していた事はわかっています。しかし、三発目を京都に落とす事になっていたという証拠は無いんじゃありませんか」

「私は二つの理由から、京都は最初から最後まで、原爆の標的になっていたと信じています」

と、蘇我が頑固に主張する。

「第一は、さっきもいった様に、京都はほとんどB29の爆撃を受けていない事です。これはアメリカも正式に発表していますが、原爆単独でどんな効果があるかを知りたい為に、原爆を落とす前にはその都市には通常の爆撃をしてはいけないと考えていたからです。それで京都はほとんどB29の空襲を受けていません。ただ、さっきもいった昭和二〇年一月十六日に、京都市東山区に爆弾が落とされましたが。京都だけではなく広島も目標になっていましたから通常爆撃は無かった。その為広島市民は爆撃について心配していなかったんです。八月六日の朝、B29が二機、あるいは三機で近づいていると知っても、それはいつもの偵察だろうと考えて、人々はのんびり通勤電車やバスに乗り、学校あるいは工場に出勤していました。その時に、広島上空で原爆が爆発したんです。その為、十万人もの死者を出してしまいました。京都もそれと同じで、原爆の目標になっていたからこそ、B29の爆撃は無かったんです。その事が逆にいえば原爆の目標になっていたという証拠になります。

第二は、さっき話した昭和二〇年一月十六日の爆撃です。これは、アメリカ自身も認めているように、B29が名古屋の空襲に向ったが天候不良で失敗し、その帰りに京都に二十発の爆弾を投下した訳です。もし、京都が日本人の文化の集まりであり、また歴史がある、そういった事を知っていたのであれば、この日も爆弾を京都の上空でばら撒《ま》かなかった筈です。この事からも、トルーマンやスティムソンが日本の文化と歴史を重んじて、京都を標的にしなかったというのは嘘である事がわかります」

「しかし、日本の文化の中心であり、歴史の中心だからこそ、京都に原爆を落とすのを止めようという陸軍長官スティムソンとトルーマン大統領の言葉は信じていいのではないかと思いますね」

といったのは、和田である。和田は続けて、

「特に、陸軍長官スティムソンは親日家で知られています。また、彼は元駐日大使のジョセフ・グルーと親しかったともいわれています。グルーは、よく知られている様に親日家でした。また、日米戦争にも反対で一刻も早く戦争を止めさせようとして、日本の和平派の政治家や軍人とも親しくしていたといわれています。陸軍長官スティムソンと、友人のグルーが、日本の文化あるいは歴史の中心である京都を破壊するのは止めようと、トルーマン大統領を説得したのは、嘘ではないと私は信じています。何しろ現実に、京都に原爆は落とされなかったのですから」

「原爆をどこに落とすかという最終決定者は大統領のトルーマンです」

と、蘇我がいい返す。

「トルーマンがどんな男だったか。ルーズヴェルトの急死で突然、大統領になった男です。あまり評判は良くありません。中には、大統領になるべきではなかったという声もあったといわれています。とにかく、一刻も早く戦争を勝利で終わらせよう、それだけを考えていた男の様な気がするのです。昭和二〇年八月六日に広島に原爆が投下された時、トルーマンは幕僚と一緒に大西洋の巡洋艦に乗っていました。広島の原爆が成功したと知らせがあった時、トルーマンは飛び上がって喜び、幕僚たちと乾杯したといわれているんです。そして、『広島で六万人の人間が死んでも、これからの対日戦争で二十五万のアメリカ人の兵士が亡くなるよりはマシだ』といったそうです。広島の人口を六万人というその無知にも腹が立ちますが。京都の人間百万人が死ぬのはまずいが、広島の六万人が死ぬ事には万歳を叫ぶ。これを考えてもトルーマンに日本の歴史や文化を尊重する気持ちがあったとはとても思えません。彼の頭にあったのは、一刻も早い勝利ですよ。その男の手元に三発の原爆があった。そう考えれば広島、長崎にまず原爆を落とし、最終目的の京都に、三発目の原爆を落とす事を考えたとしてもおかしくはないんです。そして、京都が壊滅したと聞けば、トルーマンは万歳を叫ぶのではないでしょうか。私にはそうとしか考えられないのです」

蘇我がいう。

「しかし、太平洋戦争が終わった後、日本の有名人がアメリカの大統領や原爆の関係者に対して、京都に原爆を落とさなかった事について正式に感謝の意を表していますよ。この事はどう思われますか？　アメリカには京都に原爆を落とす計画はなかった。最初はあったが、京都を目標から外したとは考えられませんか？」

と、十津川がいうと、蘇我は、

「そうした、いわゆる美談を、私は信用しないんです。私じゃなくても、京都人は信用しませんね。さっきもいった様に、京都という町は千年の古都ですが、しかし何回にもわたって、時の権力者、あるいは権力を握ろうとする者たちによって焼け野原にされ、現世の地獄を味わってきているんです。その人々だからこそ敵対国の大統領や陸軍長官の美しい言葉を信用できないのですよ。自分の国益の為に平気で人を殺す。被害者に向って、早く戦争を止めさせたんだから感謝しろみたいな言い方をする人間を、私は全く信用できませんね。実際にアメリカは広島と長崎に原爆を落としているんですよ。原爆という凶器によって大勢の人を殺すのは忍びない。そういって、原爆の投下を中止したというのなら、私は、アメリカ人の善意とかヒューマニズムを信じますが、実際に二発の原爆を落として何万人、いや何十万人も殺しているんですから。全く、信用できませんね」

と強い口調でいった。

十津川たち三人も疲れ、蘇我も少し疲れた様子になったので、ひとまず原爆論争は止める事にした。そうなると、話はどうしてもトンネルの事に戻ってくる。

十津川も、田島も、和田も問題のトンネルの事というよりも、戦争中、京都に建物疎開があった事を初めて知って驚き、建物疎開の話になっていった。

4

「京都の町は千年の都で、平安時代からずっと変わらなかった様に思っていたんですが、太平洋戦争で一万戸が疎開を命じられた。一家三人としても、三万人が自宅を壊され、移転させられたわけですね」

和田が、少しばかり、感傷的ないい方をした。

「反対は、無かったんですか？」

「もちろん、反対は、ありましたよ。特に、京都ですからね。同じ家に何十年も住んでいる人が多かった。商店や町家なんかはそうです。そこを突然、内務省命令で○月○日○時に家を出ろと命令されるわけですから。しかし、あの戦争の時代、政府の命令に反対する事はできませんでした。だから、五月十八日に移転、と決まればその日はもう大変でした。

さっきもいった様に、家財道具を積んだリヤカーを引いて、何十人もの人間が右往左往する訳ですから」

「しかし、それに対して京都人らしい対応をした訳でしょう？　上京区の中で命令に従って家を出たが、同じ上京区内に八十二％の市民が移っただけだというのは面白いですね」

と、田島がいい、

「確かに、京都人らしい反抗だ」

十津川も笑った。

「空襲に対する建物疎開だから、空襲が無かった京都では、えーと、何と言いましたっけ」

「自殺疎開です」

と、蘇我が笑った。

「しかし、反抗出来なかった？」

「そうです。しかし文句はいってましたよ。例えば、御池通で立ち退きを命令されたある母親は『私の二人の息子も戦地にやった。それなのに、家まで潰すのか』と、柱にしがみついて泣いたというんです。しかし、泣きながら家が壊されている間に地下室を作ってしまった。また移転したのは遠く離れた田舎とかではなくて、同じ町内だったという。面白いですよ」

十津川がいった。

「それにしても、京都の町の地下に、あんなトンネルがあるとは、知りませんでした。あれにはびっくりしましたよ」

と、今度は、笑顔で田島がいった。

「トンネルの途中であの世の門があって、その門が開いたら、トンネルとは別の世界がありましたね。あれはどういう所だったんですか？　直列に並んだ防空壕を穴をあけて繋げ、七十年かかってトンネルに作り変えた。それだけじゃないでしょう。あれは明らかに他のトンネルとは違っていましたよ」

「ここまで来たんだから事実を話して頂けませんか」

十津川がいうと、蘇我が、答えた。

「建物疎開の命令を受けた中に、有名な京都の料亭もあったんです。名前を聞けばもちろん皆さんも知っている店です」

「その料亭は南北に通じる堀川通の途中にあったんですね？」

「堀川通の道路拡張の為に、多くの市民が建物疎開を命じられましてね。その途中にあった、Sという有名な料亭も建物疎開を命令されました。その時は京都の空を守る高射砲陣地をそこに置くといわれたので、料亭の主人は納得して、他に移る事にしたんですが、実際には食糧不足を補うための畑にすると聞いて腹を立てたんです。そして地下に防空壕を作る事を考えました。広い部屋なのでそこを『あの世』にしたんです」

「それでは京都の地下に東西と南北の二本のトンネルがある事は認めるんですね。あなたの方からいってきたんですよ」

十津川がいうと、

「いや、トンネルはありませんよ」

蘇我がいった。

「今、あるといったじゃないですか」

「それは、あなたがトンネルといったから、あわせただけです。我々はトンネルとは認めていませんよ。太平洋戦争末期、内務省が空襲に備えて各自、防空壕を作れと命令した。何の道具も、資材提供も無くです。それでも京都市民は防空壕を掘った。直撃を受ければ何の役にも立たない防空壕で、それ以上の事を国がやってくれないから、我々町衆は掘った防空壕を一直線に繋いだだけですよ」

と、蘇我がいうのだ。

「そもそもそれは、誰のものなんですか」

田島がきいた。

「町衆のものですよ。応仁の乱の時から我々町衆は、京都の町を守る為に連携した。それが延々と、今でも続いている訳です。市のものではなく、我々町衆のものです」

と、蘇我が繰り返す。

「しかし東西南北に延びたトンネル、いやあなたにいわせれば、防空壕の連続になるんだが、それは市のものでしょう」

「しかし、いくら京都の地図を見たってそんなものはありませんよ。あるのは戦争中に国が広げた道路があるだけですよ。だから、地図には何の印も無い」

「しかし道路は国のものでもあり、市のものでもあるでしょう。その下に掘った防空壕は町衆の物ではなくて、国のもの、市のものでしょう」

十津川が責める。蘇我は微笑した。

「これは京都の町衆全体の意見ですがね。戦争末期、今もいった様に空襲に備えると称して内務省は我々に建物疎開を命じ、取り上げた家を壊して道幅を広げたり、広場を作ったんです。とても適正な金額ではなかった。国の為、勝利の為と称して安く買い上げたんですよ。そこで私たちは適当な、相応の価格の不足分を払えと提訴しています。それに対して国はまだ、不足分を払おうとしない。したがって、広げた道路の下六十メートル部分は係争中で、こちらも国のものや市のものではないんですよ」

「しかし、もう七十年経っていますよ。この問題は、すでに時効になっているんじゃありませんか」

また蘇我が笑った。

「空襲に対応する為という事で献納した土地ですが実際には空襲は無かったんです。だから当然、国や市は所有者に返却すべきなんですよ。ところがそれをしていない。これは明らかに詭弁じゃないですか。だから我々はまず適正な価格が支払われていない事について確認し、国と市が嘘をついたという事で告発し、最後は次の戦争に備えて、町衆が京都の安全のために国に任せられないという事を認めさせ、次々に告発していきますよ。だから時効になる事はないんです」

そこでまた京都の空襲の話から、現世からあの世へ行って帰って来られるのかという問題に戻った。

「その証明は出来ていないんじゃありませんか」

と、田島と和田が嚙みつく。それに対しても蘇我は笑って答えた。

「先刻も申し上げましたが、この京都は何回も戦乱に巻き込まれてその度に焦土と化し、多数の市民が殺されました。いいですか、京都の町は地獄となり、あの世が出現したんです。わかりますか？　その時、町衆は、歩いて地獄に行き、亡くなった人たちに会い、歩いて現世へ戻って来たんです。応仁の乱の時はそうでした。室町時代に北朝南朝の戦乱、そして戦国時代の武将たちの勝手な戦争、明治直前、新しい時代を作ると称して、薩長会津が京都で戦いを引き起こし、二万八千の家を焼き払った。現世に地獄を見たんです。あの世を見たんですよ。人々はあの世へ行き、亡くなった人たちの霊を弔った。誰もそれを、嘘だとはいえないでしょう。最後は太平洋戦争です。アメリカは間違いなく京都に原爆を落とそうと考えていた。応仁の乱どころじゃありません。たぶん京都の町の大部分が地獄、あの世になっていたでしょう。それを考えてみて下さい。

あなたたちはもう戦争は無いと思っているでしょうが、私たちはそうじゃありません。必ず戦争は起きるんです。その時には必ず狙われる犠牲《いけにえ》は京都となり、犯罪者は火を放って人々を殺すのです。原爆、いやもっと強力な水爆を落とすと我々は見ています。そしてまた人々は現世とあの世を往復する事になるんです。京都を襲った戦乱はほぼ百年ごとに起きています。繰り返しますが、その時には、人々は、誰もが地獄を見ざるを得なくなる。あの世へ行く事になるのです。その繰り返しですよ。現在はあの世へ行くのは難しいかもしれませんが、その内に簡単に行ける様になるんです。

今あなたたちは、現世からあの世へ往復出来ないじゃないかと文句をいう。それに対して我々京都の人間は、こう答えるんです。『戦乱が起きた時にもう一度来て下さい。自由に地獄、あの世を御案内しますよ。今はその訓練をやっているのです。間もなく次の世界大戦が起きて京都が狙われるから』。日本の権力者たち、それに外国の権力者たちは千年の都、京都が憎らしくて仕方がないんですよ。なぜ戦乱に遭いながらも京都は依然として京都なのか。なぜ、京都の歴史が中断されないのか。そんな不死身の巨人を潰してやろうとして戦乱を起こし、家を焼き、市民を殺してきた。さきの大戦の時、間違いなくアメリカは、京都に原爆を落とそうと考えたんです。いいですか、原爆の悲惨さがどんなものかわかりますか？　想像力の無い皆さんにはわからないでしょうが、我々京都の人間にはわかるんです。原爆を落とされた町がどんなに悲惨なものか」

「しかし、あなただって原爆の被害を受けた訳じゃないでしょう？　それとも原爆が落とされた時、広島か長崎にいたんですか？」

田島が首をかしげた。

「我々は、次に京都に原爆が落とされるとみて、じっとそれを見守っていましたよ。それがどんな災厄を京都にもたらすか。それをこの目で確認しようと思っていたんです」

蘇我は、さすがに、笑いを消した顔でいった。

「つまり、京都人は、原爆を落とされてもいないし、広島・長崎の原爆に遭ってもいない。

想像で恐ろしさを考えているだけでしょう」

和田が怒りを見せて、詰めよった。

「いや、われわれは正確に原爆の恐ろしさを知っていますよ」

と、蘇我がいい返す。

「どうして知っているんですか？」

「その惨禍《さんか》がどんなものかをこの目で見ているからです」

という蘇我の言葉に、さすがに十津川も黙っていられなくて、

「広島・長崎にも行っていない。それに京都にいて、じっとアメリカが原爆を落とすのを見守っていた。しかし実際には落とされていない訳ですよね。とすれば京都の人たち、いやあなたはその眼で、原爆の惨禍を見てはいないんだ。正直にいって下さいよ。それなのにどうしてアメリカは絶対に原爆を落とすつもりだったとか、原爆が落とされればこの世に地獄が出現し、あの世が出現するなどと訳のわからない事をいうんです」

「はっきり言いますがね。我々、私も含めて京都の人間は、原爆の恐ろしさを知っているんです」

と、蘇我が繰り返した。

「しかし、実際には原爆を落とされていないんだ。ああ、そうか、有名な丸木位里《まるきいり》という

画家の描いた原爆の図がありますよね。それから最近は広島市民が原爆の悲惨さを描いた絵が有名ですが、そうした絵を見ているんですよね。写真の方はほとんど残っていないし、日本人の撮った写真は原爆が投下された何時間後、あるいは何日か経った後で撮影されたものですから、本当の原爆の恐ろしさを伝えてはいない。とすれば、やはりあなたがいう原爆の惨禍というのは画家の描いた絵でしょう？　そうなんでしょう？　もしそうなら、我々と同じじゃありませんか」

「じゃあ、皆さんに、原爆の恐ろしさがどんなものか、お見せしましょう」

蘇我が不意にいって、十津川たちを驚かせた。

5

蘇我は十津川たちに、数分の間時間をくれと断ってから、何カ所かに電話を掛けていたが、それが済むと改めて三人に向っていった。

「町衆の代表たち、その中には平安さんも入っているんですが、今、電話して許可を貰いました。これから皆さんに原爆の惨禍がどんなものかお見せしますよ」

と、いうのだ。

十津川は呆気《あっけ》に取られ、蘇我の顔を見た。蘇我は広島あるいは長崎には行っていないといっているのである。丸木位里といった画家たちの描いた原爆の図も見ていないともいっている。それなのにどうして、原爆の悲惨さを証明できるというのか。

(頭がおかしくなったのか?)

と、十津川はふと思った。その間、蘇我は家人を呼んで手伝わせ、奥から大きな段ボール箱を一つ、二つと運び出してきた。その中に、入っていたのは膨大な写真だった。百枚や二百枚ではない。千枚近い写真だった。白黒の少し古びた写真である。眼の前に、その一枚一枚を並べていく。その写真を見て十津川は茫然《ぼうぜん》とした。いや、戦慄した。そこに写されている写真は広島と長崎の原爆投下直後の写真だった。

まず広島の写真。まるで巨大な力に押し潰された様に、ぺしゃんこになってしまった広島の町。累々《るいるい》と横たわる死体。それらはいずれも頭が割れ、血を噴き出し、焼け焦げている。その地獄の様な町の中を彷徨《さまよ》っている人間の姿も写っていた。

彼らは人間ではない様に見える。這う様に歩いている写真だ。彼らの周囲には死体が横たわっている。たぶん、よたよた歩いている人間たちも間もなくそこに倒れて死んでいくのだろう。

それが、何枚も何枚も並べられている。

長崎の写真もそれに劣らない。写っているのは、死体と、間もなく死体になるだろう人たちだ。地獄といえどもこれ以上に悲惨な光景はないだろう。

「どうですか？」

蘇我が静かに、いった。

「写真に写っているのはこの世ですか？　あの世ですか？　地獄ですか？　そう、あの世とも現世とも地獄ともいえない場所。半分死んだ人間たちが助けを求めて歩いています。この写真を見て同じ様な疑問を、質問をしますか。『人間は現世からあの世へ行って帰って来られる、そんな事が出来る筈が無い』という質問をまだ出来ますか？」

と、蘇我が大声で繰り返した。

十津川たち三人は、青ざめ、それでも蘇我に質問した。

「この膨大な写真はどうしたんですか？」

「誰が撮ったんですか？」

「どうして、あなたが持っているんですか？」

「その写真は、私一人のものじゃない。京都の町衆が手に入れた写真ですよ。私たち京都人はこの写真を月に一回見る事にしているんです。間もなく第三次世界大戦が来る。そして今度こそ京都に原爆が落とされるのです。そうしたらどうなるか。それを、この写真を見て頭に叩き込むんです。その時、たぶん我々京都人はこの世に現出したあの世、地獄を彷徨うんです」

「どうして、次の世界大戦が起きると信じているんですか？」

和田がきいた。

「私たちは、何回も言いますがね、千年の都に住んでいるんですよ。その千年の間に戦乱が起きて繰り返し地獄を見たからです。人間はね、愚かなんです。そのうえ悪い事は忘れるという才能と、攻撃と破壊という武器を持ち続けている。まず忘却が来て、そして攻撃が来て、その結果戦争が起きるんです。戦争を忘れた人間たち。いや、間もなく戦争を知らない人間たちの世界になります。そうなれば戦争を忘れるよりも一層悪い。攻撃的な才能だけが人類を支配して、また戦争を起こす。千年の間都だった京都と、京都人が原爆の人身御供《ひとみごくう》に送られるんですよ。京都は憎悪の対象になる。そして今度こそ、原爆が落とされる。私はそれを信じている。町衆の多くもそれを信じている。そんな京都の人間は、皆さんが愚にもつかない質問をするのが馬鹿らしいと思っているんですよ。わかりますか？現世からあの世へ行って帰って来られるか。そんな質問が愚かだという事が、その膨大な写真を見ればわかるでしょう。あの世に行けるかどうか、そんな事を考える前にあの世の地獄が現世に押し寄せて来るんですよ。現世があの世になるんですよ」

十津川は、膨大な原爆の写真と、蘇我の言葉に頭が混乱しかけたが、それでも、聞きたい事を質問した。

「もし、戦争の恐ろしさを、世界中に訴えたいのならば、この膨大な写真を、どうして発表しないんですか？」

「昭和二十年。戦争が終わった直後に発表するのが最も効果的だったでしょうが、たぶんアメリカが全て焼いてしまうでしょうからね」

と、蘇我がいう。

「じゃあ、今発表したらどうですか。また、新しい戦争が起きるんじゃないかとあなた方は恐れているのなら、この膨大な写真を日本中で回覧し、世界中でも見せて回ったらどうですか。なぜ、そうしないんですか？」

「理由の第一、見てもまず信じない。こんな恐ろしい写真がある事を誰も信じない。現代のあらゆる技術を使って作り上げた合成写真だというに決まっている。第二、人々は、この恐ろしい写真を見て第三次世界大戦を絶対に起こすまいと考えたりはしない。人々はこの恐ろしい写真を見たくないといって焼き払い安心して戦争の準備をする。だから我々はこの写真を発表しないのですよ。あと三十年、戦後百年経って、私たちは第三次世界大戦が起きると確信していますからね。そしてこの世があの世になる瞬間を見守って死にたいと思っているんです」

と、蘇我がいう。

「もう他の事は何も聞きませんから、一つだけ答えて下さい」

十津川がいった。

「この膨大な写真は誰が写し、どうやって、京都にいるあなたがたが手に入れたのか、それを教えてもらえませんか」

田島と和田も、それに応じて、

「我々も、是非それを知りたい。これに答えてくれなければ、こんな写真はあんたたちが最新の技術を使ってでっちあげた写真だ、と考えてしまいますよ」

と、詰め寄った。蘇我がまた笑った。そしてまたあちこちに電話を掛けた。

そのあと、こういった。

「町衆の許可が出たので、どうしてこの膨大な恐ろしい写真があるか、どうして京都にあるのか。それをお教えします。しかし、たぶんあなた方はこの写真を自分の心の中で現実とする事は、出来ないでしょうね。我々京都人だけがこの膨大な写真が現実である事を知っている。なぜ知っているか。それは何回も申し上げた様に、京都で繰り返されてきた悲惨な戦争、その時に嫌でもこの世とあの世がくっついてしまうのを見てきたからです。この世が地獄になるんですよ。あの世になるんですよ。その事を皆さんは信じない。だが私たち京都人は千年の歴史でそれを知っている。その違いは、決定的だと私は思っているのです」

と、蘇我はいった。

十津川は、刑事らしく、一つの事だけを考えていた。

このおびただしい写真は、いったい誰が、何のために、撮ったものなのか？

広島、長崎とも、原爆投下の当日か、翌日に撮ったものであろう。

その時点で、日本は、まだ降伏していない。

従って、戦後、日本にやって来たアメリカの調査団が撮ったものではない。

被爆直後に、日本人が撮ったものという事になるのだが、何故、今まで発表されなかったのか。

第一、被害の大きさを恐れて、政府や軍は撮る事を許さなかったのではないか。

しかし、今、見た写真は、かなり自由に被害の現実を撮りまくっている。

と、すると、カメラマンは、当時の権力者なのか。

だとして、何故、その写真を、京都人、いや、京都の蘇我が所有しているのか。

それが、全くわからなかった。

第七章　京都はやはり謎の魔界か

1

蘇我邸で見た写真のショックは、消えてくれない。あの写真は間違いなく広島の写真であり、長崎の写真だった。それも、原爆が投下された直後の写真である。

十津川は何枚か、広島長崎の写真を見た事があるが、いずれも投下直後の写真ではなかった。しかしあれは、間違いなく、広島に原爆が落ちた直後の写真であり、フィルムである。

なぜ、そんなものが蘇我の屋敷にあったのだろうか。一体誰が撮ったのだろうか。蘇我自身、広島にも長崎にも行っていないといっている。とすると、やはりどうしても誰が何の為に撮って、あの屋敷に保存されていたのか、それが謎になってくる。

原爆の写真で、最もよく知られているのは、戦後、アメリカからやって来た原爆調査団が撮った写真であり、フィルムである。しかし、それが日本人の家にあるという事は有り得ない。全てアメリカが保存しているし、あのように都合の悪いものは公開していない。しかも、アメリカ調査団が来たのは戦後である。少なくとも昭和二〇年八月十五日以後である。したがって、アメリカ調査団が原爆の投下直後に写真を撮る事は有り得ないのである。

と考えてくると、謎は深まるばかりである。日本人自身が撮った写真は、現在何枚か発見されているが、実際に撮影した元のフィルムがある事は珍しい。第一そんなものがあるとわかれば、都合が悪いからといって、占領軍が押収して持って行ったに違いないからである。

そこで十津川は、蘇我家について調べてみた。

蘇我の先祖が朝鮮半島からの渡来人である事はわかっている。そして、当時先行していた文明、文化を、日本に伝えた功績によって、京都の都に邸《やしき》を与えられ、住む事が許された。その蘇我氏が戦前から戦後しばらくの間、京都で老舗の旅館を営んでいる事がわかった。京都には昔から有名な日本旅館が四軒ある。その中の一軒が、蘇我氏の経営していた旅館だったのだが、昭和三〇年ぐらいになって売り払って、現在の場所に移っていた。

ひょっとすると蘇我氏が、蘇我の館という、京都でも有名な旅館をやっていた事が、あの写真やフィルムを所蔵している理由になっているのではないだろうかと十津川は考えたのだ。

そこで十津川は、四軒の老舗旅館の中で最も古いといわれる、東山にある桔梗屋《ききょうや》を訪ねてみる事にした。もしそこにも、蘇我の屋敷と同じ様なフィルムや写真があるとすれば、問題の写真などが京都の老舗旅館に理由はわからないが集まっている事になる。

ただ、京都に来て気が付いたが、ああした大事なものは見せてはくれるが、なぜ持っているのか、そうした話はなかなかしてくれないのである。知っているが、知らせようとはしない。今回もし桔梗屋に同じ様なものがあったとしても、理由は教えてくれないだろう。第一、東京の刑事の自分が行けば、まず警戒されてしまう。

そこで、メディア関係者、和田編集長に一緒に行ってもらう事にした。あくまでも雑誌の特集として「戦争と京都」というタイトルで、戦争の写真やフィルムや資料を探している、そういう事にして、同行を頼んだのである。

桔梗屋はいかにも京都の旅館といった風情で、千坪近い敷地の中に今も頑固に平屋造りを守っている。黒板塀に囲まれていて、十津川たちが行った時も、旅館の前で番頭らしい着物姿の男が水を撒いていた。

二人は奥の茶室で、主人の島田《しまだ》という、如何《いか》にも町衆という感じの老人に会った。主として和田が名刺を出し、「戦争と京都」という題材で資料を集めたり、話を聞いたりしていると伝え、もし秘蔵の写真やフィルム、あるいは資料があれば見せて欲しいと頼むと、あっさりと、

「お見せしますよ」

と、次々に奥から持ち出されて来た写真やフィルム等は全て、蘇我の屋敷で見たのと同じ様な貴重なものばかりだった。蘇我の屋敷で見たのは広島と長崎の写真だったが、こちらでは主に長崎の写真やフィルムが集められていた。一目見て、これらも同じ様に原爆投下直後の写真だという事がわかる。

天主堂《てんしゆどう》が潰れ、人々が死体で横たわっている。茫然と立ち尽くしている、ぼろを纏《まと》った様な市民たちの写真。それを蘇我は、

「地獄の写真です」

と、いったが、確かにこれは地獄を写した写真だった。

「どうしてこんな貴重なものが、こちらの旅館に保存されているんですか」

和田がきいた。

「それは、うちが京都だからですよ」

というが、理由については簡単には話してくれなかった。

「とにかく、これからも代々伝えていきたいと思っています」

というだけなのだ。

「しかし、これは明らかに長崎の原爆投下直後の写真だし、フィルムですよね。島田さんが行って撮った訳じゃないでしょう」

十津川がきくと、島田は笑って、

「私はその頃、次は京都に原爆が投下されるんじゃないかと思って、じっと家に閉じこもっていましたよ。長崎に行く余裕はありませんでした」

「それでは、誰がこの写真やフィルムを撮ったんですか」

「それは申し上げられませんが、昭和二〇年八月九日あたりにそういう事を出来る人は、日本でも限られていましたから、そういう人たちが撮ったフィルムです。しかし、その後占領軍がやって来て、戦争に関する写真があれば出せといわれましたが、私は絶対に出しませんでした。これは、日本人が撮った戦争の証拠のフィルムですからね。誰にも渡しませんよ」

と、強い口調でいった。

2

その後、十津川と和田は話し合ってから、二軒目の老舗旅館「平安客舎《へいあんかくしゃ》」に行ってみる事にした。

こちらは洛北《らくほく》にある老舗旅館である。主人の名前は一文字《いちもんじ》。桔梗屋の主人、島田と同じ様に京都では名の知れた町衆の一人だった。

ここでも和田が主に、旅館の主人一文字に「戦争と京都」という題の特集について少しばかり大げさに喋り、もし、そうした資料や写真等があったら見せて欲しいと頼むと、ここでも簡単にOKしてくれて、同じ様に膨大な写真とフィルムと資料を、奥から出して二人の前に並べてくれた。

ここで見せて貰ったのは、広島や長崎の原爆の写真ではなかった。それでも終戦直前の昭和二〇年七月三十日、京都の近くの舞鶴《まいづる》軍港がB29の爆撃を受けて破壊された、その直後の写真と、これも大阪のB29による爆撃直後を写した写真とフィルムだった。

舞鶴の場合は、軍港に付属した海軍工廠《こうしょう》が徹底的に、B29の爆撃によって破壊された。その直後の写真である。そして大阪の場合は、昭和二〇年三月十日に東京が大空襲によって破壊され、十万人を超す死者を出したその数日後、B29の大編隊が今度は大阪を空襲し、多数の死者を出した。その爆撃の直後の写真だった。こちらも原爆とはまた違った破壊と、死者と、負傷者が写しだされていた。これらはフィルムと写真にそれぞれ、舞鶴は「海軍軍令部」、大阪空襲の場合は「内務省」の字があった。それを聞くと一文字は、写真を写した人間をあっさりと教えてくれた。

「こちらの舞鶴の写真とフィルムは、当時の海軍の軍令部の若手の将校さんが写しに行かれたんです。大阪の方は、当時存在した内務省の職員、これは十人ほど見えて、ここにお泊まりになって、大阪の写真を撮りに向われました」

と、教えてくれた。それを聞いて、十津川はピンと来るものがあった。

当時、B29あるいはアメリカ機動部隊の艦載機などが、日本中を爆撃し破壊していった。広島の原爆もそうである。長崎も同じ様に破壊されていった。それで、東京の内務省、あるいは大本営陸軍参謀本部や、海軍の軍令部がその実情を調べようと、直ちに職員や若手の将校たちにカメラや撮影機を持たせて調べにやったのだ。

しかし、広島に着いてみれば、広島が一発の原爆によって破壊しつくされてしまっている。長崎も同じである。海軍鎮守府《ちんじゅふ》があった舞鶴、あるいは大阪でもアメリカのB29の爆撃は徹底的だから、調べるべき工場や軍事施設などは、すべて破壊しつくされていて、そこに泊まる事も、食事も出来なかったに違いない。

日本全体がそんな中で、京都だけが爆撃を受けず、破壊されてもいなかった。泊まる旅館も、京都は有名な老舗旅館が健在だった。たぶん東京からやって来た軍関係者や各省庁の調査職員たちはまず京都の旅館に泊まったのだ。

そこで食事をした後、軍用自動車などで現地に行って写真やフィルムを撮り、資料を集めた。しかし現地は破壊しつくされて、泊まる場所も無かったので、一旦京都に引き返して、そこで旅館に泊まり、現像などをしたに違いない。だから京都に広島原爆投下直後の写真やフィルムなどが残っているのだと、十津川は推理した。

「しかし、なぜ舞鶴軍港の破壊された写真やフィルム、大阪の都市の壊滅的なB29による爆撃直後の写真などがここに残っているんですか」

十津川は、それを確認すべく、改めて一文字に聞いてみた。

「皆さん、舞鶴や大阪に行っても、軍港も工場も破壊しつくされていて、休む所も旅館も無いだろうと、うちの旅館に泊まって食事をされて、それから行かれたんです。そうして仕事を終えて帰って来られた後、東京に帰っても現像する設備が破壊されているといって、この京都で現像されました。それが終戦の直前で、もし東京に持ち帰ってもまた爆撃されて灰燼に帰してしまうかもしれない。その点京都は爆撃も受けないから、しばらく京都で預かっていて欲しい、大事なものだからと、そういわれて置いていかれたんですよ。その後、終戦になってしまって。その時も電話が掛かってきましてね。写真やフィルムは、明日占領軍が来れば没収されてしまうだろう。だから、そちらで預かっていて欲しい、そういう電話がありました。確かに戦争関係の写真などは、占領軍が持ち去ってしまうという話を聞いたので、うちでお預かりしました。占領軍は京都にも、来ましたが、こうした写真類は絶対に彼等には見せなかったし、話もしませんでした。これからも、大事にうちで預かっていこうと思っております」

「京都には、他にも名旅館がありますよね。そこで同じ様な事があったんじゃありませんか」

と、和田がきいた。一文字は肯いて、

「広島や大阪、九州などの爆撃があるとすぐ、被害状況を調べに内務省の役人や、陸海軍の情報将校さんがいらっしゃいましたが、現地には泊まる所が無いと仰《おつしや》って、皆さん、京都にお泊まりになっているんです。それで現地に行って撮られた写真やフィルムなどは、終戦直前の話ですから、たぶんうちと同じ様に預かっておいて欲しいといって、旅館に置いていかれた。そして、そのまま終戦になってしまったという事だと思いますね。ですから、京都の旅館の主人たちは代々、これからもそうした戦争の証拠といったものはお預かりしていくものと思っております」

と、一文字はいった。

お礼をいって十津川たちが帰ろうとすると一文字が、笑いながら、

「和田さんも、そちらの十津川警部さんも、確か京都人が現世に生まれながらあの世に行って帰って来られるのかについて、京都人と討論された時の、東京の代表者じゃありませんか？　お二人が京都の地元新聞や、大手の新聞に話された事が載っていましたが、楽しく拝読しましたよ」

最初から、十津川にも和田にも気付いていたのだ。恐らく桔梗屋主人、島田も気が付いていたが、黙って話を聞いていたのだろう。

（そんな所が京都人らしい）

改めて十津川は思った。それは、東京の人間の十津川からすれば奥ゆかしく思えるが、意地悪くも見える。

少しばかり腹が立ったので、その事を十津川がぶつけてみると、一文字はまた笑った。

「確かに、京都人は意地悪ですよ。意地悪だからこんな古い都を千年も、自分たちでもち堪《こた》えてきたんです」

と、いわれてしまった。

結局、京都府警は東京の出版社の編集者、佐伯敬の死を事件として取り上げる事はしなかった。

3

そこで、和田編集長は京都地方検察庁がこの事件を取り上げる様に、佐伯敬を死に追いやった容疑者として、京都の「平安さん」こと平安美樹、安倍晴明の子孫である安倍幽生、白拍子の子孫だという賀茂かおる、この三人を告発したのである。

十津川は、京都地検が取り合わないのではないかと思ったが、意外にも和田の告発は取り上げられた。ただし、平安さんこと平安美樹は八十歳の高齢である事と、問題の論争について京都側に味方した訳ではなく公平を保ったので除くが、その代わり、蘇我仲路を入れた三人を和田が告発する形にし、そして告発側として和田の他に十津川と、中央新聞の田島が加わって、東京の三人が京都の三人を告発する形にした。

その事に十津川は、京都の検察庁らしい頭の働きを感じた。ここまで、あの世へ行って帰って来られるかの論争に三対三の討論が使われたので、今回も、殺人事件に関して三対三の告発者と容疑者にしたのだと思ったからである。

裁判としては、あいまいになってしまったが、告発人の和田編集長は、

「それでも十分ですよ」

と、意外にさっぱりした顔でいった。

「元々、私は京都人の嘘と詭弁が佐伯を死に追いやったと思っていますが、それを証明する事は難しい。ですから、三対三の論争によって決着をつけるという話は私も望むところなんです。佐伯の死の理由を明らかに出来ない以上、京都人がいう『あの世へ行って帰って来られる』という話が詭弁だと証明出来れば、佐伯も浮かばれると思いますから」

と、十津川に向っていった。

最終的に、刑事事件とはせず、民事事件として京都側と争い、もし勝った場合は亡くなった佐伯に対する慰謝料を払うという事で妥協した。

京都地方裁判所の小法廷を使い、民事裁判が始まった。原告側は和田編集長、十津川警部、田島記者。被告側は安倍幽生、賀茂かおる、そして蘇我仲路の三人である。まず、和田が蘇我仲路に質問する。

「蘇我さんの家にも広島や長崎の原爆投下直後の地獄の様な写真、あるいは舞鶴、大阪の大空襲の惨憺《さんたん》たる直後の写真やフィルムが多数保管されているのを見させて貰いました。なぜ、ああした地獄の様な写真ばかりを保管しているんですか？　平和で、穏やかな世間

というものを写した写真やフィルムは保管していないんですか？」

それに対して蘇我仲路が答えた。

「私はそうした平和で穏やかな写真には興味ありません。他の有名旅館の主人たちも私と同じだと思いますね。なぜなら、京都人は平和というものを信用していないからです」

「しかし、京都の日常を見ていると、年がら年中、一年中お祭りがあって喜んでいるじゃありませんか。あれは平和の象徴ですよ。どうして平和に関心が無いといえるんですか？一年中、平和を楽しんでいる様に見えるじゃありませんか」

その主張に対して、安倍が答えた。

「京都の最大のお祭りは祇園祭ですが、あれは長年の疫病に苦しんだあげく、その疫病をなだめて苦しみから救われようとして始めた祭りです。他の多くの祭りもほとんど同じです。天神様のお祭りはお参りすれば頭が良くなるとか、受験に成功するとか、皆さんは楽しい祭りと思っていますが本来は、ライバルのざん言によって地方に左遷され、とうとう都に戻る事が出来なかった菅原道真《すがわらのみちざね》の恨みを鎮めるための祭りですよ。また貴船《きふね》祭は、水を司る高龗《たかおかみ》神を祀る貴船神社の祭りで、舞楽や出雲神楽が奉納される雅びなものですが、別の見方もあって、男に欺された女が夜毎《よごと》藁《わら》人形に五寸釘《くぎ》を打ち込んで恨みを晴らすという、恐ろしい祭りでもあるんです。また」

と、続けようとする安倍を抑える様に新聞記者の田島が、

「しかし、京都の祭りはどれもこれも優雅で楽しくて、町衆が先頭に立って楽しんでいる様に見えますよ。だからこそ日本中の人たちが、祇園祭や貴船神社の祭り、天神様などを楽しむ為にやって来るんですよ。そうすると、あの祭りの平和な顔は観光の為ですか」

と、きく。それに対しては白拍子の子孫という賀茂かおるが答えた。

「今、蘇我さんや安倍さんがお話ししたように京都の人間は、平和なんて移ろいやすいものので、また人によっては平和の感じ方が違うと思っている。しかし、苦しみや地獄は皆同じです。京都人は、移ろいやすい平和など信じないんです。必ず時間が来れば地獄が再現される。だから、平和な祭りなど信じないんです。それが京都人というものです」

三人目に十津川が質問した。

「しかし、私たちが知っている京都人あるいは京都の町というのは美しい景色、美しい文化、そして千年の歴史。そして穏やかな人々。京都の人たちが他の人を傷付けたりするのを我々は見た事が無い。ああした京都あるいは京都人の姿というのは、仮面ですか？我々東京の人間が京都の人々を優しい、慎み深い、そう思ってはいけないんですか？京都の人たちは穏やかで、大声を出して怒ったりはしない。中庸《ちゆうよう》というものを重んじる、穏やかな人たちだと思ってはいけないんですか？　それは間違いですか？」

と聞いた。蘇我が微笑した。

「今、十津川さんは中庸を重んじ、穏やかで、それが京都人だと思っていらっしゃるようですが、それは、間違いですよ。京都人はある意味、極端なんです。平和と極楽は移ろいやすい。だから、戦争と地獄を信じるんです。世間話をしましょうか。京都は一見すると穏やかで、平和で、いつも皆さんにこにこしている。そしてお祭りを楽しんでいる。そう思っているんでしょうが、違うんです。京都人は極端です。だから、政治的にも自民党と共産党が強くて真ん中の党が強くなれないんです。政治的にはそういう町ですよ」

「すると、極端な事が嫌いな穏やかな中庸を重んじて、いつもにこにこと観光客を迎えている京都人の顔というのは、あれは仮面ですか。我々よそ者、東京人が勝手に誤解している、悪くいえば欺されている訳ですか？」

田島がきいた。

「我々京都人は、他所《よそ》の人たちを欺そうとは思っていませんよ。勝手に誤解している、と思ってはいます。別にそれをいちいち正そうとは思いません。勝手に誤解しているといい。それで都合が良ければ、京都人としては正す必要はありませんからね。十津川さんは京都に来て、京都人が大声で怒るのを見た事が無いといわれた。確かに、我々はあまり大声を出して怒ったりしません。よく、ある店に入ってその店員の対応が悪いと、東京人はすぐ怒りますよね。怒鳴る、文句をいう。しかし、京都人はそんな事はしません。なぜしないか。怒れば、実質的な損をするからです。第一、相手に正当性を与えてしまう。第二に怒る事で自分も傷付く。東京人がその位の計算が出来ない事に我々京都人は驚くんです」

「それではどうやって、店員の怠慢を注意するんですか。何もいわずに黙ってニヤニヤしているんですか」

「もちろん、店員の怠慢は注意しますけど、怒ったりはしませんよ。例えばわざと店員に聞こえる様に、傍にいるお客に話し掛けるんですよ。『この店はいつも退屈しないで済みますね。店員が変な事をいうんで、それが面白くて退屈しないんです』と、いった感じで。そして、二人で笑えばいいんです。それで気が済んで、自分が傷付かずに済みますから」

「その皮肉に店員が気が付かなかったら、どうするんですか」

と、田島がきくと、賀茂かおるが笑った。

「その時は、鈍感な人間だと軽蔑すればいいんです。そのくらいの事は出来るでしょう。東京の人が怒りっぽくても」

といって、また、笑った。

「損な事をしないという事ですか？」

「無駄な事はしないという事ですよ。一見すると京都人は優雅で、文化的で理想主義者みたいに見えますが、実際には逆です。たぶん最も現実的な人間が京都人だと思っています。ですから、京都人は数学と法律が好きなんですよ。その二つがあれば生きていける。そう考えているからです」

「そうすると、京都人であるという事はお金が掛かりますね」

田島がきいた。蘇我はニッコリする。

「その通りです。京都人であるという事はお金が掛かります」

「どうして、そんな風に考えるんですか？」

「前にも話しましたが、応仁の乱以来京都は何回も戦乱に遭い、焼け野原になってしまいました。つまり地獄を見たんです。しかし、京都を地獄にした将軍とか、侍とか偉い人たちは廃墟にした京都を復興しようとはしない。復興するだけの政治力も、金も無かった。無責任な人たちです。だから京都は町衆が力を合わせて、資金を集めて自分たちで復興してきたんです。今でも京都人は政治を信用しない。その代わりお金が要りますよ。祭りをやるにも、京都の町を守っていく為にもお金が必要なんです。だから、お金を大事にします。数学にも強くならなければいけない。そして法律も必要です」

「本当に京都人になる為にはお金が必要ですね」

十津川が少しばかり皮肉を込めていった。

それに対して安倍が微笑した。

「そうですね。自尊心が強く、何者にも縛られない京都人になる為には、お金が必要ですよ。タダで京都人になる事は出来ません」

「今、京都人は日本人の中で最も現実的で、だから数学と法律が好きだといわれましたよね。しかしそれにしてはあの世へ行って自由に帰って来られると信じるのは、科学的じゃないんじゃありませんか？　これが科学的だとも、法律的だとも思えませんが」

十津川がいった。

「見方を変えれば、京都人が現実的である証拠ですよ。一年後にでも、いや明日にでも、どこかの独裁者が間違えて弾道弾の頭に原爆を積み込んで発射ボタンを押すかもしれません。その一発は間違いなく京都を狙うでしょうね。なぜなら京都は日本の象徴だと思われているからです。京都は一瞬にして消えてしまうか、あるいは地獄が出現する。そうなれば、自分の傍にあの世が出現する訳ですから、行って帰って来る事は自由になるんです。それが明日にでもそうした世界が出現しようとしているのに、科学的ではないという。そして非難する。それこそがあまりにも現実を見ていない証拠じゃありませんか。そのうえ、京都人の言葉を信用しないという事は、同時に戦争の災害がどんなに酷《ひど》いものか、どんなに悲しいものか、地獄そのものではないか、その事を全く忘れている、呑気な考えじゃないかと私は思うんですよ。だから、私も他の京都人も、広島の原爆投下直後の写真やフィルム、または長崎の原爆の直後、あるいは東京や大阪、あるいは地方都市の爆撃の直後の地獄を撮った写真やフィルムを、いつも保管していて、それを毎月一回見る様にしているんです。そこには紛れもなくあの世、地獄が写されているからです。明日にでも大陸間弾道弾一発で日本全土が地獄になる。あの世になってしまうんです。それをどうして皆さんが非現実的である、科学的ではないというのか、我々にはわかりません。我々の考えの方がもっと現実的、科学的であると思いませんか」

と、蘇我がいった。

「そこまでいうと、また水掛け論になってしまう。だから、現実論に戻そうじゃありませんか」

十津川が提案した。

「亡くなった佐伯さんは、あなた方に案内されてあの世、地獄を見たんでしょうか。見たというならば、それを証明してもらえませんか」

4

蘇我が逆に、質問した。

「佐伯さんは亡くなる時、何といって亡くなったんですか。『地獄、あの世を見た』といって亡くなりましたか。それとも、『欺された』といって亡くなったんですか」

それに対しては、佐伯の上司である和田編集長が答えた。

「私は確かに、佐伯にあの世を見たかと聞きました。そうしたら、佐伯は肯きましたがね。あれは見たという錯覚をあなた方が佐伯に与えた、そうとしか思えない。なぜなら、現在の状況であの世や地獄なんか存在しない。もし、存在したとしても行ける筈がないからですよ。行って帰って来られる事がないからです」

「正直にこちらもいいましょう」

と蘇我がいった。

「佐伯さんが地獄あるいは、あの世を見たといったのは錯覚かもしれません。実は、私たち京都人が戦争に備えて作った南から北に向って長いトンネルがあります。地獄へ行く道ですよ。その途中にあの世を作りました。そこは、有名料亭の地下です。自分たちで防空壕を作れと命令され、何の資金も材木も出してくれないから、京都人全員が自分たちの防空壕を作った。その時、料亭が作った防空壕が、今はあの世へ通じるトンネルになっている。

そこに佐伯さんを案内しました。そこには皆さんもご覧になった、広島と長崎の写真とフィルムが保管されていました。特に多かったのは長崎の写真とフィルムです。それも原爆投下直後の写真です。政府の要請で、日本の原爆研究グループの仁科《にしな》研究班が、長崎に原爆が投下された直後にその実態を調査するべく、京都に寄ってから長崎に行き、長崎の地獄を写真とフィルムに収めた。それを延々とあの地下で佐伯さんに見てもらったんですよ。佐伯さんは広島や長崎の地獄を、絵では見ていました。しかし我々が見ても、あんな絵は本当じゃない。確かに恐ろしくは描いてあるが、現実の長崎広島の地獄とは違う。だから、本物の地獄を佐伯さんに見てもらったんです。佐伯さんは見終わった時に、いいました。『本当の地獄、本当のあの世を、見せてもらいました』。そうしてしばらく号泣していました。これが、真実です。

佐伯さんは地獄を見たと信じ、そしてまたトンネルを通って、今度は西の薬師寺の井戸から出て来た。それをどう考えるか、それはあなた方の自由です。京都人に欺されたと考えるか、佐伯さんが本当の地獄を見たと考えるか。どちらでも自由ですが、我々京都人は、佐伯さんが、誰も知らない、アメリカの原爆調査団さえ知らない本当の地獄を見た、そして戻って来たと考えています。それ以上のことをいうことも出来ないし、必要もないと思っています」

その語調には、少しだが、突き放すようなひびきがあった。

十津川は、戸惑いを感じながら、

「しかし、そこは、あくまでも、想像の世界でしょう。確かに、原爆投下直後の写真やフィルムは、知らなかった私たちには、ショックでした。だが、果たして、真実を写し出しているかどうか。例えば、音は入っていませんね。死んでいく人々の叫びも聞こえてこない。それだけを考えても、真の地獄、あの世とは違うんじゃありませんか」

と、抗議した。

それに対して、蘇我がいった。

「実は、いままでお見せしたものは、原爆投下直後、B29の無差別爆撃の直後とはいっても、広島についていえば、京都で一泊してから、現地取材ですから、二十四時間以上後なのです。それに、ご指摘のように、音は入っていません。しかし、もっと早い、八月六日当日の広島を撮ったものもあり、録音テープも残っているのです」

「本当ですか?」

十津川が驚き、他の二人も、一斉に、蘇我を見た。

蘇我は、落ち着いて、続けた。

「いままでにお見せした写真やフィルムは、内務省のいわばお役人や、陸軍の若手の将校、エリートがやって来て、撮ったものです。東京から、グループでやって来て、京都の旅館でひと休みし、食事をし、一泊のあと、出かけていっています。いずれも、軍の車を手配し、それに乗って、広島へ調査に出かけているのです。実はもう一つのグループが広島へ調査に行っているのです。それは、陸軍で毒ガスの研究と作成、実行を行っている部門の人たちです。この人たちは、八月六日に投下されたのが、原子爆弾であると考えていて、その効果を倍加するために毒ガスが併用されたのではないかと、調査に行ったそうです。様々なガスは、時間とともに変化するから、なるべく早く現場に行きたいと、うちでひと休みすると、食事も摂《と》らずに広島へ向って出発しています。ですから、八月六日の夕方には、着いた筈です」

「その写真やフィルムが、ここに残っているのですか？」

「録音テープもです。若い医者や作業員たちで、敗戦が近いこともわかっていて、そうなれば、自分たちは、間違いなく、処刑されるだろう、何しろ、中国で実際、毒ガスを使用したから、ともいっていましたね。戻ってくると、今度は、ここで、早速、現像に取りかかったりしていました。そのあと、敗戦になれば、全て、占領軍に持ち去られてしまうから、預かっておいてくれと、全て置いていったんです」

蘇我は、もってきていた写真やフィルム、それに当時のバカでかい録音機も見せてくれた。肩にかつぐ型の録音機である。

スイッチを入れると、手入れがいいのか、テープが回転し、音が飛び出してくる。

「どんな状況だったのか話してくれよ」

「水を下さい」

「駄目だ。飲んだら死ぬぞ」

「のどが熱い。水を下さい」

「駄目だ」

「水を――」

「一三二六時、死亡確認」

「体温記入しろ。それと採血」

「水を下さい」

「水を下さい」

「助けて下さい」


それを裏づけするようなフィルム、写真も、十津川たちは見た。いや、見せられた。皮膚が焼けただれて、ぶら下がっている人々。

医者と思われる調査員が、ピンセットで、その皮膚を引きはがしていく。

水に落ちている無数の死体を、もう、見ようともしない。


「広島　昭和二〇年八月六日　一八・〇〇」


の文字の入ったフィルムや写真が、十津川たち三人の前で、映され、それに合わせて、録音テープの音声が聞かされる。

十津川は、昭和二〇年八月六日、午後六時の現実と向いあった。

先日、見せられた広島と長崎の写真は、まだ耐えられた。が、今回の写真とフィルム、そして死んでいく人々の肉声には耐えられず、目を閉じてしまった。

それでも人々の悲鳴は聞こえてくる。何故かわからないが、涙がこぼれ落ちた。

和田と田島も同じように衝撃を受けたのだろう。和田は下を向き、田島は身体を小刻みに震わせていた。

二時間近いフィルム、大きく引き伸ばした写真、そして、録音テープが、止まったあと、蘇我たち三人が、こもごも、いった。

「これが、私たちの隣りにあった現実であり、あの世ではない、現世の地獄なのです。亡くなった佐伯さんにも、同じものを見て頂き、聞いて頂きました。今、皆さんは、ショックを受けられたようですが、あの時の佐伯さんも、強いショックを受けられたようでした。あの世にある地獄ではなく、現世にある地獄を見たからに違いありません。そこで、お願いがあります」

と、蘇我たちは、一息ついてから、彼が代表する形で続けた。

「もう一度、先刻と同じ質問を、十津川さんたちにして頂きたいのです。現世にいながら、あの世の地獄を見ることが、果たして非科学的かどうか、を改めて質問して下されば、我々も正直にお答えしますが、どうでしょうか？」

「わかりました」

と、十津川は肯かざるを得なかった。見せられた写真とフィルム、そして聞こえてくる悲鳴と叫び声の、あまりの恐ろしさのためだった。

続いて、安倍が和田編集長に、きく。

「和田さんの気持ちを伺いたい。京都は、亡くなった佐伯さんに慰謝料を払わなければ、いけませんか？　われわれ京都人が、佐伯さんを欺したと思いますか？」

それに対して、和田が答えた。

「今、見せられた写真とフィルム、それにテープの叫び、どれも二度と味わいたいとは思いません。地獄に興味があるが、見たくないのと同じです。ただ、佐伯の墓に入れてやりたいので、一枚、写真を頂きたい」

「新聞記者の田島さんは、どうですか？」

と、かおるが、きいた。

田島は、少し考えてから、

「今、見せられた写真は、あまりにも痛ましすぎて、新聞には載せられません。ただ、何も持たずに、社に帰れませんから、俗っぽい質問をさせて下さい。それなら、新聞に載せられると思いますから」

「何でも質問して下さい」

と、蘇我が応じる。

「皆さん、政治は信用できないと、いわれた。その通りですか？」

田島が、きく。

「その通りです。平安の時代から、政治に裏切られてきましたから」

「それなのに、京都人は、右の自民党と、左の共産党が好きで、中間の党は支援していないといわれた。それが不思議な気がするんですが」

と、田島がきいた。

蘇我は微笑した。

「好きなのと、支持するのとは、全く違いますよ」

「よく、わかりませんが」

「昔の保守党は、政治家個人も、理念を持っていましたが、今の自民党の政治家は、理念がないので、尊敬できません。ただ、コネが通じるのです。コネを作れば、利用できます。だから、京都にやってくれば、料亭に招待し、お茶屋で饗応《きようおう》します。そうやってコネを作っておけば、何か問題が起きて困った時、役所に行って、頭を下げて陳情しても駄目な時、自民党の政治家のコネを使えば、あっという間に解決してしまいます。そのために、支持しているのです」

「共産党は？」

「共産主義は、何故か独裁になってしまう。その点は、嫌いなのですが、少数で政権を取る恐れがなければ、反対党として安全弁になってくれるので、存在価値はあります」

「中間の党は？」

「政権は取れそうもないし、だからといって、反対党としてのプラスもない。だから、京都人は無視します」

「面白いので、記事にして構いませんか？」

田島は、やっとほっとした顔になっていた。

5

民事裁判はその日の内に終わってしまった。

参加しなかった亀井刑事は、先に東京に帰し、十津川は、もう一日、京都にとどまることにした。

和田編集長も一日京都に残ってから東京に帰るというので、十津川は二人でレンタカーを借り、京都を一日ゆっくりと観光する事にした。京都再見のつもりである。

車をゆっくりと運転しながら、十津川は助手席の和田にきいた。

「問題の写真は貰えたんですか？」

「それを雑誌に掲載しないつもりですか？　雑誌の売れ行きが倍になるかもしれませんよ」

「ええ、貰いましたよ」

「それも考えました。だがね、雑誌に発表する事は止めました。人間誰だって、本物の地獄を見たいとは思わないでしょうからね。ただ、亡くなった佐伯はどう思っているかわかりませんから、彼の墓に入れてやるつもりです」

と、和田はいった。

「我々よそ者の人間が、京都という町はこういう町であって欲しいという、夢の京都を今日一日、観光客になったつもりで回ってみようじゃありませんか」

と、十津川はいった。

まず、清水寺《きよみずでら》に行く。例の清水の舞台から京都の町をゆっくりと展望する。今日はすでにさまざまな祭りもあらかた終わって、京都が最も静かで観光に向いているという冬を迎えようとしていた。それでも、京都はどこへ行っても観光客で溢《あふ》れていた。

三年坂・二年坂を通って、八坂《やさか》神社に抜ける。その後は京都で最も繁華といわれる四条通を通り、堀川通を北に向って走った。

途中、東本願寺や京都御所などを通って嵐山《あらしやま》に抜け、そこで昼食に湯豆腐を食べた。

レンタカーを近くの駐車場に停めておき、二人は初めて人力車に乗って嵐山周辺の景色を楽しみ、若者に戻った気持ちで恋愛の神様を祀るといわれる野宮《ののみや》神社に参拝したりした。

その後、さらに北へ向って、貴船神社を目指す。その途中に最近出来たカフェでお茶を飲む。そこも、若者の観光客あるいは外国人で一杯だった。

コーヒーを飲みながら思わず二人で笑ってしまった。これこそ観光客が希望する京都なのである。完全な観光コースをレンタカーで走り、人力車にも乗った。

「確かにこれは、観光客がかくあって欲しいと思う京都ですよ」

和田がいった。対して十津川がいう。

「確かにそうですが、では本当の京都って、一体どこにあるんでしょうね」

それが今も十津川にはわからない。

翌日。東京に帰る十津川を、京都府警の原警部が京都駅まで送ってくれた。原は、東京の生まれで京大を卒業した後京都府警で働くようになった。しかし初めて会った時に、どうしても京都には馴染めないと十津川にいっていた警部である。

十津川が切符を買っておいた東京行きの列車には時間があるので、二人は駅構内の喫茶コーナーで時間を潰す事にした。この店では客の多くがコーヒーよりも抹茶を頼んでいる。

そこで十津川たちも抹茶を頼んだ。

「確か原さんは、京都府警に勤務しているが、どうしても京都には馴染めないといっていましたね」

十津川がいった。

「そんなこといいましたかね。確かに四年間京大で学んだ後、京都府警に入る事にしました。ですが最初の内、どうしても京都という町に馴染めず、働くのは京都府警でもいいが住むのは京都以外と考えて、大阪に住んで京都府警へ通っていたんですが、ここにきて京都市内のマンションに移りました」

「それは、京都人になりたいと考えたんですか？」

「そうですね。現実的にいえば京都人の彼女が出来たんですが、私自身も、京都人になってみようかと思うようになりましてね」

「勤務先が京都府警で、そこに勤めているんだから京都人になるのも、簡単なんじゃありませんか」

「それが、いざ京都人になろうとすると意外に難しいんですよ」

原が苦笑している。

「それで、京都人になれそうですか？」

「京都府警に勤め、京都人の恋人が出来て、住所を京都に移して住民税も京都で払っています。自分ではまあ、一応京都人になったと思っているんですが、それが時々ふっと、『自分はまだまだ京都人じゃないな』と思う時があるんですよ。不思議なもんでしてね、日本人になるのは簡単なんです。生まれつき日本人で、どうもがいたって日本人以外にはなれないんですが。その点、京都人になるのは難しいです。何しろ京都人自身が一般の日本人とは違うといっているんですから」

と、原警部がいうのだ。それに対して十津川は何もいわなかった。

時間が来た。

東京行き「ひかり」に乗る。定時に発車。あっという間に十津川の乗った列車が京都の町を離れていく。

東山トンネルを抜けると、とたんに京都は遠くなってしまう。

(京都もわからないし京都人もわからない)

と、十津川は頭の中で呟いていた。

※本作品は、「小説宝石」二〇一九年五月号より二〇一九年十一月号まで連載された作品です。
※この作品はフィクションであり、実在の個人・団体・事件・名称などとはいっさい関係ありません。

（編集部）

二〇二〇年六月　カッパ・ノベルス（光文社）刊

光文社文庫

長編推理小説

魔《ま》界《かい》京《きよう》都《と》放《ほう》浪《ろう》記《き》

著　者　西《にし》村《むら》京《きよう》太《た》郎《ろう》

2023年 6 月20日　初版 1 刷発行

発行者　三　宅　貴　久
印　刷　堀　内　印　刷
製　本　ナショナル製本

発行所　株式会社　光　文　社
〒112-8011　東京都文京区音羽1-16-6
電話 (03)5395-8147　編 集 部
8116　書籍販売部
8125　業 務 部

ISBN978-4-334-79541-2　Printed in Japan

組版　萩原印刷